MOOK 2020

第十期

诗词中国

图书在版编目(CIP)数据

诗词中国.第十期/诗词中国丛刊编辑部编.—北京:中华书局,2021.1

(诗词中国丛刊)

ISBN 978-7-101-14956-2

Ⅰ.诗… Ⅱ.诗… Ⅲ.诗词研究-中国 Ⅳ.I207.2

中国版本图书馆 CIP 数据核字(2020)第 253751 号

书　　名　诗词中国　第十期
编　　者　诗词中国丛刊编辑部
丛 书 名　诗词中国丛刊
责任编辑　陈　虎
出版发行　中华书局
(北京市丰台区太平桥西里 38 号　100073)
http://www.zhbc.com.cn
E-mail:zhbc@zhbc.com.cn
印　　刷　北京市白帆印务有限公司
版　　次　2021 年 1 月北京第 1 版
2021 年 1 月北京第 1 次印刷
规　　格　开本/710×1000 毫米　1/16
印张 7½　字数 150 千字
印　　数　1-1500 册
国际书号　ISBN 978-7-101-14956-2
定　　价　36.00 元

【卷首语】

新时代的诗人责任

党的十八大以来，中华优秀传统文化受到应有的重视。习近平总书记关于弘扬中华优秀传统文化系列重要论述和两首诗词的相继发表，引领中华大地诗潮滚滚而来。党中央《关于繁荣发展社会主义文艺的意见》和两办《关于实施中华优秀传统文化传承发展工程的意见》，都提出重点加强对中华诗词的扶持。国家教育部、国家语言文字工作委员会颁行了新中国语言体系中的新韵书《中华通韵》。诗人们可以真切地感受到，传统诗词从“高原”走向“高峰”，从复兴走向繁荣的春天真的到来了。

走进新时代的诗人们，肩负着“记录新时代、书写新时代、讴歌新时代”的责任。回顾改革开放以来中华诗词从复苏走向复兴的历程，展望未来重新走向繁荣的前景，诗人们应该充满信心。中华民族伟大复兴的新时代、新篇章，国家富强、民族振兴、人民幸福的中国梦，正期待着诗人们以高昂的激情去书写；人民的欢乐，人民的忧患，人民的情怀，需要诗人们同呼吸、共命运、心连心，予以诗意地表达；市场经济大潮中人民对幸福生活的期待，对美好未来的希望，对假丑恶的深恶痛绝，需要诗人们在诗词中或给出方向，或予以赞美，或予以鞭挞。诗人们要保持初衷，以对诗词的极度热爱，投入到诗词的学习、创作当中去。以高度的文化自信和文化自觉，以诗人的智慧和诗词的形式，围绕讲好中国故事，唱响爱国主义主旋律，书写人民的伟大实践，发人民群众之声，唱时代鞺鞳之音，把对新时代的美好感受，奉献给广大读者。

中华诗词具有坚强的生命力。这个生命力，首先来源于其丰富的遗产。诗人们要以敬畏之心对待中华民族文化传统，尤其是诗词文化传统，真正认识诗词文化的精髓，把继承作为义不容辞的责任。老老实实地继承它的精神实质、思想内容、优良的传统；继承它的形式之美、韵律之美、意境之美、通俗之美、典雅之美、风格之美，保持其特有的艺术形式；继承几千年来积淀的风格本色，比如风雅颂，比如赋比兴，比如真善美，比如美与刺。同时，紧贴时代脉搏，适应社会发展，满足人民需求，创作出“有筋骨、有道德、有温度”的诗词作品；以当下情怀，当下意象，当下语言，当下思维，当下手法，创作出具有新思想、新情感、新意境、新韵味的诗词作品；以奇情壮彩、奇思异想、奇章佳构，创作出具有独特面目、个性鲜明的诗词作品。歌颂我们的国家，我们的人民，我们的生活，创作出流淌着当下温度的中华民族的新史诗。

主办： 中华书局　中华诗词研究院
编辑部地址： 北京市丰台区太平桥西里38号
邮编： 100073
电话： 010-63260766

www.shicizhongguo.com
投稿邮箱：sczgmook@163.com

诗词中国微信公众号

诗词中国客户端　苹果版

诗词中国客户端　安卓版

目 录

【PK唐宋】

【合璧联珍】

【海外诗鸿】

【华夏诗阵】

【以诗会友】

【诗坛撷英】

【诗界动态】

【专题】

关于“当代诗词入史”问题的探讨

编者按：

当代诗词入史问题，是近年来诗词界与当代文学研究领域聚讼不休的话题。2019年下半年，马凯同志在诗词座谈会上就“推动当代中华诗词‘入史’工作”这一主题做了发言，对该项工作若干重要问题做了深入细致的分析和思考，再次引起诗词界的广泛关注。

本期，我们邀请了几位学者，谈谈他们对这一问题的见解。

周啸天：

当代诗词入史，全靠作品说话

“当代诗词入史”话题，我认为是具有前瞻性的。以前也多次听到四川大学曹顺庆教授提到这个问题，即诗词是否应该进入现当代文学史，诗词界称之为“入史”的问题。

我个人认为，这个问题是靠作品说话的。任何一个体裁，只要产生有生命力的作品，即会受到关注、产生影响，积淀下来，所以完全是靠作品说话的，而不是靠某一个人，不是靠一个学术权威来决定这个事情。因为我看到当代诗词产生了这样的作品，所以我个人认为当代诗词的“入史”，不是一个问题，而是一个时间问题。

在2015年8月召开的中华诗词学会换届会上，有一位“五四”以来有影响的新诗人屠岸，在会上发言，要言不烦。他说，当代文坛有一个奇特的现象，这个现象在世界文坛上，在世界文学史上是罕见的，就是古代文体，半死半生。“半死”是指文言文，因为它基本上退出了文学创作的领域。“半生”是指诗词，呈现了一种复兴状态。作者和读者的热情都非常高，不仅仅在首都有中华诗词学会这样一个全国性诗词组织，国内各个省份，及地市县，以及港澳台甚至海外华人聚居地，都有诗词学会这样的组织。各地的诗社多如牛毛，很多人都在写旧体诗词。旧体诗词这一形式，并非只有毛主席才能驾驭，事实上很多人都会玩。一个古代的文体，在现当代这么活跃，不断地产生出好的作品，而我们现当代文学史没有反映这一现象，没有反映当代文坛的这一奇观，当然是“残缺的文学史”。所以，我认为诗词的入史不是问题，而是一个时间问题。

鲁迅先生在书信中讲过一句著名的话，他说：“我认为一切的好诗，到唐代都已写完。”这句话广为流传，其实是断章取义。因为后面还有一句话：“今后若非能翻出如来手心的齐天大圣，大可不必措手。”就是说，以后如果不能在唐宋人的诗词外增添新的东西，就干脆不要写。你翻不出“如来手心”，写出来的东西只是唐诗宋词的味道，那我们就不如直接读唐诗宋词。而我要说的是，现当代诗词之所以有未来、有希望，就是在于有人翻出了唐人的手心。我最初也曾相信“一切的好诗到唐代都已写完”这句话，但毛泽东诗词提供了一个例外，因为作品本身和传播力量的强大，几十年中几乎把其他声音都覆盖了。而且毛泽东诗词确实是一个承前启后的东西，起到了衔接传统的作用。特别是毛泽东的词，水平是相当高的。新中国建立以来，很多人对诗词的热爱，都是从读毛泽东诗词开始的。不过，由于特殊的历史环境，虽然那时也有别的人写作诗词，甚至水平相当高，但是缺少发表的平台，故不为世人所知。当代诗词的这种生存状况，一直到了改革开放之后，由于思想解放，环境宽松，才得到了彻底改观。

于是，我们看到这样的诗人，其作品翻出了唐人手心，影响比较大的一个是聂绀弩。我读到聂绀弩的《散宜生诗》，感到非常兴奋，觉得他真正写出了这个时代的感觉，时代的精神，而又那么的衔接了传统。他的题材是古人想不到的题材。他写劳动改造，把挑水、搓绳、掏粪这样的题材，写入七言律诗，而又写得非常到位。比如说挑水，第一句像打油诗："这头高便那头低"。但第二句就扳回来了，"片木能平桶面漪"，一个木片儿就把桶面晃荡的水压平了，水就不会浪出来，这叫深得物理，而且有更深的象征意蕴。

我写旧体诗就受到聂绀弩的影响。只是他写七言律诗，我写七言歌行，脱胎换骨的一首诗是《洗脚歌》。起初我不知道洗脚是怎么回事，有学生请我去洗脚后，我才知道有洗脚房的存在，同时我也搞懂了，《史记》里面写刘邦接见来献策的郦食其，为什么一边洗脚、一边接见，弄得被接见的人十分生气，竟与刘邦对骂起来。以前没搞懂，洗脚几分钟可以搞定的事，为什么要洗那么久呢，竟惹得对方生气。去过洗脚房才知道，这叫做"足按摩"。原来刘邦那个时代，就有人搞足按摩，两个女技师在那给他按脚。这件事引起浮想联翩，进入形象思维的状态。所以诗一打头就说："昔时高祖在高阳，乱骂竖儒倨胡床。劳工近世闹翻身，天下久无洗脚房……"

顺便说一句，诗歌创作，无论是新诗旧诗，都是这样的：第一，你一定是受到了一件事情的触动，有时候不只是一事端，可能是好多的事端使你受到触动，甚至你也说不准是哪件事触动了你，就成了"无端"（如李商隐诗）。但一般的情况，是一个事端触动了你。在诗里面，你不一定直接说这个事，你可能借端托喻，加以变形；第二，引起了浮想联翩，而浮想联翩就是形象思维的状态。

梁代文学家萧子显，在《南齐书》的文学传里面写了八个字："若无新变，不能代雄。"就是说，文学如果没有创新，没有变化，就不能在前代的基础上有所作为，这实际上与前面提到鲁迅先生那段话，是同一个意思。而当代诗词之所以站得住脚，就在于它有了这种新变。举个例子，一位女诗人（叫甄秀容）她参加"红豆杯"诗词大赛，那是一个爱情诗的大赛。她写出了两句诗，广为流传："夕阳一点如红豆，已把相思写满天。"这两句诗，是不比唐代诗人差的。不是说王维写出了《红豆》，其他人就没办法写了。另一个年轻的北京诗人（叫高松）写了一首送别的七言绝句，第三句是"说好不为儿女态"，这就是王勃《送杜少府之任蜀川》中"无为在歧路，儿女共沾巾"的意思，彼此说好了，分手的时候不要作儿女之态。殊不知其末句却是："我回头见你回头。"这个也翻出了唐人手心，写出了想不到的好。作为一个诗词的研究者，我看到这种诗，就感到很兴奋，就会情不自禁地到处宣传这样的诗。

当代诗词创作也有误区。例如一说传统诗词，有人以为就是近体诗词，一说就是格律。有些人一开始学诗词，关注的就只是平仄粘对之事，这个就把他弄死了。但刚才提到的一些作者，更加重视诗词的意趣。林黛玉说，果然有了意趣，不修饰也是好的，当然，修饰一下就更好了。广元有一个年轻诗人（叫何革），写了一组《岁末杂感》，第一首是这样写的："忽南忽北似飘蓬"，开头这一句是人都能写，但第二句就不是别人能写的了："话不普通人普通。"这个话就很有意趣、很有味道，意思是作为四川打工仔，普通话说不好——"话不普通"，是个平凡的人——"人普通"，这语言既浅近，又耐人寻味。又如到处都有人开同学会，江油一个诗人（叫丁稚鸿）写同学会"渭北江东总忆君"这句话化用自杜甫赠李白的"渭北春天树，江东日暮云"。接下来是"时光已抹旧时痕"，这个大家都能写。关键是后两句，不是别人能写的了："同窗相会无高下。"同窗相会怎么会没有高下呢？最后一句解释了："都是呼名叫字人。"原来作者抓住了同学会的一个特点，就是任何人在老同学面前，都是不好摆谱、不好端架子的。

言归正传。旧体诗词在新文化运动中被边缘化，陈独秀有一个"三大主义"，胡适有一个"八不主义"，我认为他们是有道理的，并没有错的。我经常说一句话，旧体诗被边缘化，应该由写旧体诗的人自己负责，谁教你把旧体诗写作当真写成了"旧体"呢？谁教你没有新变呢？陈独秀称之为"铺张的""陈腐的"，胡适称之为"模仿古人""滥调套语"，这一类的批评没有错。今人提倡复兴诗词者，想掉过头清算陈独秀、胡适，那就成了反攻倒算。我非常不赞成。我反对这样一种理念，即认为旧体诗词就是要"为往圣继绝学"。比方说宋词的曲调都不知道了，教人填词还在那里辨四声、分清浊，刻舟求剑。作为学术研究，是题中应有之义，但在创作中，这样的墨守陈规有意义吗？田晓菲女士认为，新诗的出现改变了旧体诗的写作。其实也就是给了旧体诗以生机。

当代网络诗人李子提过一个口

号，值得注意，那就是写当代诗词要注意吸收新的审美因子。不要一说到激动，就是“唾壶击缺”，你现在到什么地方去击唾壶？哪里还有唾壶？唾壶乃是古人的痰盂，击唾壶也不卫生。还有“扪虱而谈”，今人谁和你扪虱而谈？那些典故成语，让它保留在古人诗词里好了。今人都住进单元房了，你还在“独上高楼”，一读即令人生厌，感到太隔。有这样的创作理念，所以曾少立的词就做得很好，他写的《风入松》，我认为比吴文英写得还好。“红椒串子石头墙，溪水响村旁”，这个景色你可能也会写，但“有风吹过芭蕉树，风吹过那道山梁”，这个别人不一定能写了，这叫语语可歌。“月色一贫如洗，春联好事成双”，对仗也好。“月色如洗”与“一贫如洗”叠加，“春联成双”与“好事成双”又是叠加。

因为时间关系，长话短说。在旧体诗词入史这个问题上，有一个文学史观的问题，还有一个诗词观念的问题。而当代诗词研究，我相信一定会成为一个学术增长点。说实话，在唐诗宋词研究上，你要找学术增长点很难，除非是你有很深的功力，可以把别人挖的井挖得更深；或者掌握了新材料，你可能有所发明。但如果仅仅就文学研究文学，那就很难出新。而当代诗词研究还处在起步的阶段，填补空白就可以成为学术增长点。

钱志熙：

也谈现当代诗词“入史”及所谓“现代性”问题

诗词创作的重新繁荣，是近三十年来文学发展中一个引人注目的现象。但对于这一文学现象，诗词界与新诗界、学术界以及大众，感受与体认是各不相同的，评价上也极不相同。这应该是一个正常的现象。近年来，研究当代诗词创作理论渐成风气。同时，研究现当代文学的学者也开始较多地关注现当代诗词创作，将其纳入学术研究的课题之中。但是对一些问题还是存在着较大的分歧。首先是“当代诗词入史”的问题，另一个则是诗词这种古代产生的文学形式，在当代是否有它的存在价值？近来还有论者讨论当代诗词的现代性问题。结论认为诗词这种古典的形式与传统，很难获得现代性。至少在反映现代性方面，无法与新诗相提并论。因此合乎逻辑的结论，当然是说“五四”之后，诗词的正统地位被新诗取代，也是有其合理性。连带着还有当代诗词如何表现现代生活，以及诗词形式改革、白话入诗等问题。问题既然提出来，当然都有他们的理由，短期内似乎也很难达成共识。这里只想就这些问题谈谈自己的看法。

首先是诗词入史的问题。我想这里有一个基本的学术背景大家都忽略了。最早撰写近现代之际的文学史，原有另一种形式，钱基博的《中国现代文学史》就是将新文学与旧文学放在一起叙述的。从全面性来说，这应该是一个比较合理的做法。但后来新文学领域为了总结新文学运动的成就，开始撰写各种形式的新文学史。所以现代文学史，原本叫新文学史。像刘绶松先生的书，就叫《中国新文学史稿》。王瑶先生的书，原来也是这样的题目。既然叫新文学史，当然不需要叙述同期产生的旧体文学。但也不一定含有排斥旧体文学的意味，至少逻辑上说是这样的。但后来诸家编写新文学史，直接将其改称《现代文学史》，却没有将新文学之外其他“现代文学”纳入其中。这样，与新文学同期产生的旧体文学乃至民间文学、娱乐文学，竟然在此不假思索的概念转换中被不知不觉地遗落了。而旧体文学界，居然也怡然受之。这恐怕就是观念的问题了。所以，现在讨论现当代诗词入史问题，先得将这个学术史上的问题理清。至于现当代诗词能否入史，要不要入史？在逻辑上是根本不需要讨论的问题。作为一种文学创作的活动与事实，甚至可以说作为一种文化活动与事实，既然它客观地存在于历史中，史家当然要将它写入相应的文学史与文化史中。至于如何评价、如何建构，甚至如何与新诗相结合而共同建构一种现代、当代的中国诗歌史，则是学术界需要深入研究的问题。现当代的诗词自身独立写史当然可以，但未免自说自话，缺乏全面历史观。我认为最理想的做法，是将现当代的新诗、诗词、歌曲、歌谣结合在一起，写出真正意义上的中国现当代诗歌史。这样的学术工作，需要艺术界与学术研究各个领域的通力合作。

再谈诗词表现现代生活的问题。个人认为，理论上诗词应该表现当代生活、文化、科技，更应该表现当代人的思想与精神，事实上也已经在这样做了。但是在这里，我们要注意一个问题，即不能回到机械地艺术反映论的思维方式中去。对诗词表现生活，应该取辩证的立场。一方面，诗词首先是一种艺术，不能简单地理解为反映现实的工具。另一方面，当代生活在内容、形式上相比于古代，有很大的变化；但是人们的情感及其表达方式乃至审美活动，不能说与古代相比完全变化了。另外，艺术创作有它自身的立场。在艺术中，生活内容某种意义上说只是创造艺术的一种材料。甚至我们也不能以表现生活内容的多少、及时与不及时来衡量一种艺术的高低，更不能以此评判其生死，尤其不能以此来衡量譬如古琴演奏、山水画、书法等艺术形式。诗词当然与这几种艺术形式不同，但其中都存在一种古典美的因素。如果完全取消其古典美，何来诗词艺术？如果完全取消诗词中的古典美因素，何事于诗词创作？

至于白话入诗的问题，自《风》《骚》至乐府、汉魏六朝五言、唐宋近体、词、曲，都有相当的当代口语因素。这原来也不是一个问题。但是，就在当代创作中仍具生命力的近体诗词、曲及歌行、古风等来说，每一种都有它的语体使用习惯。近体与词即以浅近文言为主。散曲可杂入相当多的白话因素，但整体上仍应保持一种浅近文言的体性。歌行与古风相比，因为歌行原本出于乐府，并且在发展过程中受到民间说唱的影响，所以也可加入适当的白话因素。但当代人写作歌行常犯的毛病，不是过于文言化，而是过于直白。至于取法汉、魏的古风，则是属于文言性程度最高的。古人论文，先辨其体制，再论其风格。这一点甚至可以说是艺术的基本规律，值得我们学习。

最后说说近来有些论者提出的当代诗词创作的现代性的问题。以我个人所知，所谓“现代性”原本是构成现代派艺术的一种质性，本来就不是用来评价所有艺术的。但也有这样一种趋向，即现代性渐渐成了一种对当代艺术创作的普遍诉求。如音乐、绘画、建筑等许多艺术中都有现代性问题。新诗创作中也一直存在现代性的追求。但这也只能说是新诗创作中一种倾向。当代不少书法家，也有现代书法之说，大抵是强调当代书法不同传统书法的审美功能。但这种现代书法并没有获得大众的完全认可。由此而出现八法全失、六书不备的丑、怪、乱的书法现象；近来已经有人提出质疑。本人对书法没有足够的实践与理论研究，对此不欲轻言。但是援引在新诗界、书法界都有所质疑的所谓“现代性”来否定当代诗词，窃以为还为时过早。且看近三十年之改革开放、新农村生活，旧体诗词所表现的成果，是否真的有逊于新诗？则所谓近体诗词不能表现现代生活、没有现代性的理由何在？何况我们前面说过，诗词在当代创作中的存在，还有它的一种古典美的价值。所以，仅以十分抽象的“现代性”这样的概念来否定当代诗词创作，未免过于武断。

当然，从理论上讲，提出当代诗词创作现代性问题，仍然是有所启发的。而且在当代诗词创作中追求现代性，也不失为一种创新方式，问题是现代性应该怎样理解的问题。现代性与诗词固有艺术性、古典美如何统一的问题。但是，如果将其作为论证旧体诗词必然灭亡、或者证明其终不能与新诗相提并论的依据，则作者的思维方式，其实还是陷在“五四”新诗诸家打倒旧诗词的激进论调中，只不过换了概念而已。▥

钟振振：

关于当代诗词入史问题之我见

当代诗词应不应该入史，能不能够入史？这本来不是个问题。但学术界有人对此持怀疑甚至反对态度，这才成了问题。

所谓“入史”，自然是指“写入中国当代文学史”。要回答“当代诗词入史”的问题，首先须厘清“中国当代文学史”这个学术概念。

笔者以为，“中国当代文学史”应该是中国当代一切文学创作的历史，而不仅仅是用中国当代语言（主要指现代汉语）进行的文学创作的历史。

这两者有区别吗？在笔者看来，两者有很大的区别。

中国当代一切文学创作的历史，是一个有全局观念的大概念。举凡中国当代作者所创作的文学作品，无论其所用语言为现代汉语还是古代汉语，无论其所用文体为新文学文体还是旧文学文体，只要它具有典型意义，都应该写入这一文学史。当然，它还应该包括用少数民族语言创作的文学作品，甚至包括中国作家用外国语言创作的文学作品。由于这两者与我们讨论的问题无关，谨在此总提一笔，下文从略。

用中国当代语言进行的文学创作的历史，是一个只有局部观念的小概念。它仅限于以现代汉语创作，以现代文学样式创作的文学作品，也就是当今二级学科分类，狭义的“当代文学”。

显而易见，这两种“中国当代文学史”的视野，是不一致的。前者宏阔，而后者比较狭隘。

纵观世界民族之林，我们中华民族是最有诗意的民族之一。而汉民族，又其尤者。古往今来，汉语诗歌千山拔地，百川汇海。其优良传统，乃“喜新”而不“厌旧”。先秦时期流行的诗歌，春秋为《诗经》，战国有《楚辞》。洎汉代，乐府及五七言古体诗兴，而《诗经》《楚辞》体仍并行不悖。至唐代，近体诗定型，而《诗经》体、《楚辞》体、古乐府及古体诗亦不乏作者。至宋代，长短句词风行，而《诗经》体、《楚辞》体、古体、近体诗等传统诗体，仍然占据着诗坛的主流位置。下及元明清，也是古近体诗与词并驾齐驱的格局。这充分说明，任何一种真正具有高度审美价值的文学体裁，都是陈坛老酒，既久而愈醇，其生命力无可限量。“五四”新文学运动以来，新诗勃兴，但传统诗词并没有因此而退出文学的历史舞台。连“五四”运动的领袖和健将，如陈独秀、李大钊、鲁迅、胡适等，也各有旧体诗词传世。前不久，笔者为华中师范大学文学院李遇春教授所著《中国现代旧体诗词编年史》作序，有曰：

自1912至1949年，中国文学史之所谓“现代”者，上承乾嘉，旧学术之薪积；东渐欧美，新文化之风行。天雷相搏，地火并喷。鸿惊一瞥，时仅三十八年；豹变屡更，实胜百千万世。此时段内之旧体诗词，知名作家何啻千人，优秀作品何啻万篇？歌颂光明，鞭挞黑暗，唤起民众，再造共和，其功绩纵非新诗暨其他新文学样式之比，亦何遑多让耶！惜多散在日新月异之报刊杂志，犹捷羽之过辽天，灵珠之在沧海，使无人悉与网罗收拾，萃成一编，势必日就湮晦，渐为世所淡忘矣！今不百年，治现代文学者至有现代旧体诗词不宜入史之说，岂不可怪？岂不可叹？彼固昧于学理，而无从尽读现代旧体诗词，故无以得现代旧体诗词之全豹，其误亦未始非由于此。

所讨论的虽然是“现代诗词”该不该入史以及如何入史的问题，但其核心观点对于“当代诗词”该不该入史以及如何入史，也同样适用。

自改革开放以来，当代诗词一片生机，群众性的创作热潮方兴未艾。全世界不少国家和地区，主要是华人社会，有相当数量的诗词创作社团；国内从中央到各省市县乃至大小基层单位，也有为数众多的诗词学会或诗社词社；各种诗词刊物、出版物不断涌现；至于“独行侠”式的诗人，在网上发表作品或自印诗稿互相交流者，更是难以胜数。每年都有各种不同规模、不同主题的诗词赛事，参加者成千上万，参赛作品少则上千，多则上万，甚至十几万、几十万。由中国出版集团旗下的中版文化发起并组织的“诗词中国”传统诗词创作大赛，至今已举办过四届，曾创造过大赛收到投稿二十多万首的记录，获得了吉尼斯“世界最大规模的诗词竞赛”的认证。据搜韵网统计，当代诗词作者达三百万人之多。从作者、作品的绝对数量来看，恐怕不是过去任何一个时代所能比拟的。三百万人，往少里说，假定平均每人一年只创作十首诗词，也有三千万首。除以365天，则每天涌现的诗词数量即为八万多首，超过了《全唐诗》与《全宋词》的总和。也就是说，当今中国每天都有相当于一部《全唐诗》加一部《全宋词》数量规模的诗词问世！即使绝大多数作品都写得一般般，总还有1%的佳作。八万的1%是八百，也超过一本《唐诗三百首》加一本《宋词三百首》了。也就是说，当今中国每天都有超过一本《唐诗三百首》加一本《宋词三百首》规模的诗词佳作问世。仅就笔者极其有限的阅读而言，当代诗词创作无论题材内容的广泛程度，还是思想感情的丰富程度，较古代都有超越；而在艺术表达方面，也有许多新变，非古代诗词所可以牢笼。其社会影响力，新诗或亦有所不及。如此盛况，理应受到当代文学史家的重视。

要之，笔者认为，今天的当务之急，已经不仅是坐而论道，争辩“当代诗词应不应该入史，能不能够入史”的问题，而是应当立即行动，按下电源开关，实际启动“当代诗词入史”的操作程序。

点睛之笔

哲理融入情景中

陶文鹏

诗歌是借助生动具体的形象来表达诗人的思想感情的，诗歌也能表现哲理。魏晋时的玄言诗，宋朝的理学诗，就是主要表达哲理的。玄言诗“理过其辞，淡乎寡味”（钟嵘《诗品序》），理学诗大都写成押韵的理学讲义，均受到非议。但古代杰出的诗人包括少数富有才情的理学家诗人，能在写景抒情中深刻地揭示生活的规律或表达出普遍的人生体验，使诗歌具有高度的哲理性。优秀诗歌的哲理，总是与具体生动的情景水乳交融，有理趣而无理语，含蓄蕴藉，意味无穷，成为千古传诵的名篇佳句。

行到水穷处，坐看云起时

这是唐代“诗佛”王维的五律《终南别业》的颈联。终南，终南山，又名太一山，秦岭主峰之一，在今陕西省西安市南。别业，别墅。此诗是王维隐居终南山时写的，诗云：“中岁颇好道，晚家南山陲。兴来每独往，胜事空自知。行到水穷处，坐看云起时。偶然值林叟，谈笑无还期。”全篇洋溢着诗人悠然自得之情和淡泊清闲之致。首联写“好道”，颔联写“兴致”与“胜事”。颈联紧接前两联，具体地写胜事自知。上句说，自己随意而行，没有一定目的，走到哪里算哪里，在不知不觉间，竟来到了流水的尽头。下句说，眼看无路可走了，于是索性就地坐下来玩赏景色，又见到一团团白云飘浮而起。这一联，将叙事、写景和抒情融为一体。从叙事角度看，十个字有如行云流水，叙写出诗人一行、一到、一坐、一看，干净利落，显出诗人无住无沾、自由洒脱之态；从抒情角度看，行到水穷，仍然不急不忙、不烦不恼，就在水边坐看白云涌起。寻水之趣乍尽，观云之趣又生，这种随处生发又悠悠不绝的自然情趣，多么闲适恬淡，令人心旷神怡！从写景角度看，诗人用的是轻笔淡墨，随意一挥，略微见景，情与事皆溶化其中，天然是一幅山水画图。其笔致之空灵、含蓄，胜于孟浩然《晚泊浔阳望庐山》中的"泊舟浔阳郭，始见香炉峰"一联。然而这两句之妙，更在于深蕴禅理。在佛家的眼里，白云的无心无意、舒卷自如、悠悠自在、无所窒碍,正是所谓"不住心""无常心"、安详自足、永恒不灭等禅意的象征。而"水穷"与"云起"这两个意象的巧妙组合，又隐含着诸如"无心遇合""处变不惊""绝处逢生""妙境无穷"等自然、宇宙和人生哲理。近人俞陛云说："行至水穷，若已到尽头，而又看云起，见妙境之无穷。可悟处世事变之无穷，求学之义理亦无穷。此二句有一片化机之妙。"(《诗境浅说》)所谓"一片化机"，正是情、景、事、理的交融、浑化。

水流心不竞，云在意俱迟

这是杜甫的五律《江亭》的颔联。诗作于上元二年(761)，当时杜甫住在成都草堂，在锦江边的亭子里写了这首诗。首联"坦腹江亭暖，长吟野望时"，点出时间、地点和自己的行为、神态。"坦腹"，借用东晋诗人和书法家王羲之"东床坦腹"典故(见《世说新语·雅量》)的字面，表现他洒脱不拘的样子。颔联写他眺望春野，但见江水缓缓地流，白云在原野上空悠悠移动。这两句诗语言浅显，诗意却丰富、深邃而且不确指。有人认为诗人是以拟人手法写江水和白云，其意为：江水缓缓地流动，它们那么平静，没有竞争的心思；白云看上去像是停着不动，毫无飞驰的意念。这样解释是全联写景，情含景中。也有人认为这一联旨在抒情：诗人看到水缓流、云不动，正同自己悠闲、平静的心情一样。还有人认为这联诗用了"正言若反"的手法。诗人本来是有竞争之心的，看了缓缓流水之后，才忽然觉得自己半生为事业功名奔走劳碌毕竟既无聊又无谓；本来有满腔抱负，想要有所作为，如今看到白云悠悠，于是感到自己未免是自讨苦吃，应当同白云"意俱迟"才有乐趣。三种解释都讲得通。细细品味这一联诗，在情景的抒写中又包含深邃的人生哲理。自由自在、悠然自得，不也是人生中需要的一种境界吗？尽管这种境界不是积极奋发的。但当你焦灼苦闷、身心疲惫之时，投入大自然的怀抱，使心境平静恬淡，精神自在放松，不也是有益的吗？事实上不止一个诗论家悟出了此联诗的理趣。明人王嗣奭《杜臆》说：‘水流’‘云在’一联，景与心融，神与景会，居然有道之言。盖当闲适时道机自露，非公说不得如此通透，更觉‘云淡风轻’（指宋代理学家程颢《偶成》诗“云淡风轻近午天”）无此深趣。”清代弘历《唐宋诗醇》认为此联诗“从容自在，可以形容有道者之气象”；沈德潜《唐诗别裁》也赞赏此联“不着理语，自足理趣”。

山重水复疑无路，柳暗花明又一村

这是南宋诗人陆游的七律名篇《游山西村》的颔联。此诗是乾道三年（1167）陆游罢官归故乡山阴（今浙江绍兴）闲居时作，诗中描叙农村风土人情，表现了诗人热爱家乡、与农民亲密相处的思想感情。全篇感情真朴，写景生动，结构严谨，对仗工整，意境浑成，颔联尤为脍炙人口。诗人在这一联诗中，描绘浙东丘陵、水网、平原交叉地区山重水复、峰回路转、柳暗花明的春天景色，也表现了他在信步漫游中因不断变换新境而疑惑、惊奇、喜悦的心情，对仗工整又句法流转，营造出曲折幽美、引人入胜的意境，境中又蕴含着丰富深邃的哲理。读者从诗人所描绘的景色变化中可以领悟到，探讨学问、研究问题，只要锲而不舍，继续钻研，就会豁然开朗，遇塞而通，发现新境；也可以认识到世间事物的运动发展，往往是曲折的，不是直线的，懂得了这一点，就不会在遇到困难挫折时丧失信心。这情、景、理交融的诗联，是陆游在继承与借鉴前人的基础上创新的成果。正如钱锺书在《宋诗选注》中说：“这种景象前人也描摹过，例如王维《蓝田山石门精舍》：‘遥爱云木秀，初疑路不同。安知清流转，忽与前山通。’柳宗元《袁家渴记》‘舟行若穷，忽又无际。’卢纶《送吉中孚归楚州》：‘暗入无路山，心知有花处。’耿湋《仙山行》：‘花落寻无径，鸡鸣觉有村。’周煇《清波杂志》卷中载强彦文诗：‘远山初见疑无路，曲径徐行渐有村。’还有前面选的王安石《江上》（“青山缭绕疑无路，忽见千帆隐映来”）。不过要到陆游这一联才把它写得‘题无剩义’。”

今朝试卷孤篷看，依旧青山绿树多

这是南宋著名理学家诗人朱熹的七绝《水口行舟二首》(其一)的后一联。水口，即今福建古田县水口镇，在闽江左岸。全诗写舟行江上的见闻感受。首联："昨夜扁舟雨一蓑，满江风浪夜如何？"诗人清早醒来，回想昨晚大雨滂沱，他披雨衣一蓑，在扁舟中眺望，但见满江风浪，黑夜茫茫，担忧这急风暴雨不知要造成什么恶果。这两句勾勒出一幅黑夜雨猛风狂、浪涛汹涌的景象，渲染出险恶、沉重、压抑、忧惧的境界氛围。第三句用"今朝"同"昨夜"呼应，而后陡然转折；"试卷孤篷看"的动作细节，准确地刻画了诗人既抱希望又疑虑不安的心态。第四句紧承三句，展现出雨过天晴、阳光灿烂、青山滴翠、绿树婆娑的美丽开阔画面。"依旧""多"三字，则透露出诗人对风雨转晴的无限喜悦和对美好人生的坚定信念。诗人又在写景抒情中融入了深刻警拔的人生哲理：黑暗总要过去，风浪终归平息；青山不老，绿树常青；大自然的美是永恒的，一切美好事物的生命力是不可遏止的。全篇写行舟水上的情景，自然巧妙地寄寓哲理，这哲理又是使人乐观向上的，这是哲理诗的艺术高境。笔者认为，这首理趣诗在艺术表现上胜于同一作者的《观书有感二首》。

却有一峰忽然长，方知不动是真山

这是南宋诗人杨万里的七绝《晓行望云山》的后一联。全诗写他清晨行旅途中观望云山的感受。首联："霁天欲晓未明间，满目奇峰总可观。"上句写雨后初晴，天色欲晓未晓、半明半暗。下句写他纵目四望，但见满眼都是奇形异状的山峰，十分美妙壮观。这两句都没有点出"云"，但从上句所描写的时间天气环境氛围中，读者已能猜出，这"满目奇峰"不过是云雾变幻呈现的形状，写的是诗人的错觉。在后联中，诗人以"如摄影之快镜"（钱锺书《谈艺录》评杨万里写生手法语)的诗笔，将刹那间的景物动态再现于笔端，写出一座"奇峰"忽然往高里生长的有趣景象。山峰是静止不动的，如何会升高生长呢？这才使诗人省悟：原来这满目奇峰，其中有不少是云山，所以它们会变幻、生长；只有那始终屹立不动的，才是真山。这两句诗不仅有谐趣、奇趣，而且蕴含理趣。细品味之，原来诗人是借观云山揭示哲理。他以自己由错觉到获得真知的体会告诉我们：假的东西，往往可以

乱真；但假的就是假的，终究要露出马脚。我们要想不被假象所迷惑，就应当全面、深入、细致地观察分析事物，才能辨清真伪。▥

（转载自《点睛之笔：陶文鹏说诗》，陶文鹏著，凤凰出版社2019年版，第48页）

名家说诗

题壁涂鸦有好诗

林　岫

（一）

吾国自古以来就有题壁的文化传统，谦称涂鸦，实属雅写。这跟当今满世界狂书滥刻“某某大爷到此一游”“某某我爱你”“变心不得好死”等恶俗涂抹，雅俗向背，绝对两码事。

古代说是题壁，其实逢着各类建筑或者山石桥栏树干等凡能写画图形文字处，皆可题写；或诗文，或写画，长短随意，统属“题壁”。至于诗兴大发时，得啥题啥，题叶、题扇、题头巾，襟带、几案、橱柜，只要诗好字好，都可以遂情作为，也不限题壁。唐孟棨《本事诗》记博陵崔护清明独游城南，在村居叩门求水，留有“人面桃花相映红”的美好印象；翌年清明又去，门墙如故，叹惋“人面不知何处去，桃花依旧笑春风”，所作的那首千秋传诵的爱情诗，就是题写在“左扉”（左门扇）上的。

因为“题壁”是泛称，又九州文人墨客共同之雅好，所以古代驿站客舍官衙庙宇楼观，甚至路亭野桥等，通常都会设置粉壁、楹柱、诗板、案屏、门扇、壁石等供过往客人挥毫尽兴。

旅途鞍马劳顿或需稍事休憩，或因雨雪阻行稍作滞留，拂尘赏读壁间过往行人的题诗，享受文化加餐，也可消遣无聊。中唐元稹《骆口驿》诗有“邮亭壁上数行字，崔李题名王白诗。尽日无人共言语，不离墙下至行时”，那终日徘徊题壁下，独自读诗竟然半步不离的情景，当是真实的记录。如果此际，有幸于壁间看到昔日自己或者友人的题壁诗，料有惊喜，但嗟叹岁月流逝和人事变化，未必都深感慰藉。唐吴融的“何必向来曾识面，拂尘看字也凄然”，宋黄庭坚的“往寻佳境不知处，扫壁觅我题诗看”，陆游的“倦游重到曾来处，自拂流尘觅旧题”，东坡的“试问壁间题字客，几人不为看花来”，皆各有所感，沧桑自领。

题柱，可举元稹《见乐天诗》。元稹宿店，发现客少，惊闻前方发现虎足印迹，诗曰“通州到日日平西，江馆无人虎印泥”，首句说地点时间，次句以“无人有虎”补足氛围，暗示滞留原因。第三句一转，“忽向破檐残漏处，见君诗在柱心题”，结出意外。特写“破檐残漏”，是诗人用心处；愈写破残，愈见困境无奈，也愈见柱题发现友人白居易诗的兴奋。如此夜、如此景、如此情，纵得些许慰藉，亦何其温馨乃尔！

北宋大文豪苏东坡一生仕途坎坷，经常南北颠簸，行旅所至，很关注题壁，借此可以了解过往朋友的动态。苏轼诗书兼擅，原本也喜好题壁，报平安，发感慨，留下的鸿泥雪爪，类似今之博客信息，都是可贵的历史文化痕迹。当年苏轼与弟苏辙应举途中，在渑池寺庙留宿时，得奉闲老僧款待，曾有“旧病僧房题共壁”事，后来重过此寺，奉闲老僧已经故逝，东坡又有“泥上偶然留指爪，鸿飞那复计东西。老僧已死成新塔，坏壁无由见旧题”的追忆，睹壁生情，镜头回放，该是何等奇妙！明代顾璘在岳州临江驿意外见到“亡友凌谿子题壁，怆然兴怀”，又倚韵感慨“谗多城市俄生虎，运去英雄莫问天”“鹦鹉才高失帝庭，人间穷达转冥冥”，挥毫题壁三首，也让后来的过客恸惋前代忠梗栋梁的悲壮，惺惺相惜，续写了不绝的哀叹。看来，即使历史的沧桑不再重演，这物是人非的鸿泥雪爪，幸得后人拂壁诵读，既是教化，也是诗人生涯颠沛祸福的文化见证。

游目驰骋的玩家和行旅匆匆的过客，题壁后转身即去，会留下精彩吗？

其实，千秋脍炙人口的经典诗歌中还真有很多精彩与题壁结缘，仅举宋一代，王安石《题湖阴先生壁》的“一水护田将绿绕，两山排闼送青来”，东坡《题西林壁》的“不识庐山真面目，只缘身在此山中”，岳飞《题青泥市萧寺壁间》的“斩除顽恶还车驾，不问登坛万户侯”，陆游《醉题》的“寻僧共理清宵话，扫壁闲寻往岁诗”等，皆扢雅扬芬，留响诗坛。

题壁挥毫，多是即兴而为，少了雕琢的刻意，多了真实性情的驰骋，故而容易得到“林间自在啼”的任性和潇洒。据《娱野园漫笔》载，安徽齐云山高耸入云，昔有“齐云山与白云齐，四顾青山座座低”二句留在山顶亭壁，不知南宋何人所作，大约形画齐云山之高，说得太过直白，损了诗兴，遂遭作者见弃。后来游人至此，诵之都觉无味，总无续题。百余年后，明代诗书画家唐伯虎携友人至此，见之大喜，曰“正待吾也”，遂拈笔续出“隔断往来南北雁，只容日月过东西”二句，奇崛非常，压倒了齐云山千题。此诗此事辑入《唐伯虎诗文集》，料非杜撰。若原作者不因出手平平而轻易放弃，或许开拓一下思路，后半首能得振采，也不会让唐伯虎捡此便宜。

此诗前二句说齐云山高，用设身处地法，即借登山者自家作想，写出了“四顾青山座座低”的高峻气势，开场还算大气，只是凤头未善，搁笔便无豹尾，留下遗憾。唐伯虎呢，也不费力，只是接着想象而已：既然已经置身山顶，那么一天之下，万山之上，纵大雁飞越不成，日月毕竟还能自由来去，所以唐伯虎举重若轻地拣那过不去的大雁和随意东西的日月一说，完美题壁，也救得一首好诗。

题壁真有过目难忘的好诗。据清《坚瓠集》载，诗人敖英一日山行，见农家壁上题有四首绝句，意皆警策，问何人所作，说是大学问家朱熹老夫子诗。一曰“鹊噪未为吉，鸦鸣岂是凶？人间凶与吉，不在鸟声中”，言人间凶吉本非鸟声预卜，反诘在前，断句在后。二曰“耕牛无宿草，仓鼠有余粮。万事分已定，浮生空自忙”，以“有无对举法”，言不能助善惩恶，最后浮生空忙，就算白活。三曰“翠死因毛贵，龟亡为壳灵。不如无用物，安乐过平生”，以“因果推理”言翠鸟因羽毛珍贵而死，大龟因卜甲灵验而亡，既然俗世善无善待又恶无恶报，不妨推崇“无为”。四曰“雀啄复四顾，燕寝无二心。量大福亦大，机深祸亦深”，其中“雀啄（机深），燕寝（量大）”，全用“正反对举”，言待人处事，褒抑明朗，无非实际。四诗述理在于更正俗传和针砭时弊，引喻巧妙，诲教又无道学气，估计是朱公借宿时与农家主翁议论后的即兴题壁，检其《晦庵集》不见，疑为遗珠。

（二）

说到古代题壁，有两点不可不知。其一，古代不但庙观楼阁，甚至连路亭驿馆、野林峡谷，一般都备有专供题写用的板壁、平石、诗牌等。往来客人苟有诗兴或者欲作提醒（譬如路途注意、启事等），皆可方便挥毫题写。此习俗远传海外，连日、韩等国的旅游胜地至今仍有提供“专用题壁”的笔墨，即使板壁已经逐渐用册页、木板、卡纸等取代，但是游览小憩时翻检一些卡纸旧题，因为上面书写颇多汉诗，雅趣故然，援笔也易生遐想。

蜗居伏案，偶有感慨，灵感倏来，也可题写自家墙壁，所谓“案满涂鸦添逸兴，暮间飞上草庵墙”，任情不羁，只为图个自在。日本江户时期汉诗诗人龙公美的《题庵壁》，是一首著名的自题斋壁诗，“金龟城里画桥南，落魄儒生小草庵。陋巷月临秋寂寂，衡门风动柳毵毵。腹中蠹食书千卷，腰下龙鸣剑一函。徒慕柴桑松菊主，深惭五柳至今甘”。首联以京都宫城与山间草庵对举，富贵与清贫清楚划线；次联写清贫，承“草庵”分写“陋巷”“衡门（柴扉）”；颈联写志向，慨叹书剑风流用“腹中腰下”四字，暗示其志拘束不展；尾联写现状，说在清贫易守而志向难酬的情况下，徒慕中国东晋陶潜，愧领五斗。东瀛江户汉诗精品，皆讲究声律和诗法，读者万勿以“淮北生枳”陈见视之。

其二，古代题壁谢绝恶俗，要求题壁者不但诗文上好，书法水平也须上乘。在管理方面，既然标榜明正风雅，也会及时清除陋字歪诗。宋人蔡廷瑞有诗曰“题遍寒岩古佛庐，唐人诗句晋人书”，大致明确指出当时题写的要求。当然，题写者的即兴发挥，未必都能达到李杜诗和“二王”书法的水准，至少也得涂鸦顺眼，诗文顺口。古代比较本分的文化人大都有自知之明，敢于题壁的君子通常都会留下姓名，随便让歪诗烂句陋字恶书题壁现眼，无异遭人诟骂，自寻难堪。《旧五代史》提到过一个小文人胡装，平素偏爱卖弄，“学书无师法，工诗非作者”，诗文和书法皆不入门，却“僻于题壁”（酷爱题壁），到处胡乱涂抹，而且“所至宫亭寺观必书爵里，人或讥之，不以为愧”。僻，同“癖”，嗜好。胡乱题壁，已经招人讨嫌，还大书其爵里，厚颜之极。但逢此类，管理方面鉴别后会及时清理淘汰，粉刷更新。

恶俗者去，美善者留，关系传统文化的绿色生态平衡，不可不慎。古代对题壁的留存大有斟酌，即使文家墨客的题壁，都要区别对待，并非美丑悉数并蓄。

宋吴处厚《青箱杂记》《蜀中广记》等记宋初事，说处士魏野曾经陪寇准（封寇莱公）“游陕府僧舍，各有留题”，数年重游时发现寇准诗“已用碧纱笼护住，而（魏）野诗尘昏满壁”，魏野有些失落，幸好陪游的一名官妓机灵，急忙用衣袖拂尘，魏野顿时心情舒畅，得诗曰“世情冷暖由分别，何必区区较异同？若得常将红袖拂，也应胜似碧纱笼”，解嘲即是自慰。出门在外难免遭遇不顺，有时一笑了之，退后一步，或许是最好的结局。

“碧纱笼”的出典，据《唐摭言》《嘉话录》等，应自唐诗本事。书生王播家境贫窘，尝客扬州惠昭寺，随僧食斋饭，僧故意“斋（饭用）罢而后击钟”。后来王播登科，“出镇淮南，访旧游”，发现旧题已经因为王播显荣而“以碧纱幕其诗”。王感慨赋七绝二首，其二曰“上堂已了各西东，惭愧阇黎饭后钟。三十年来尘扑面，而今始有碧纱笼”。诗有讥讽，但声色不露，只淡淡道来，是诗中“维摩坐定”的自然家法。

王播诗后成典，历代题壁遂有了荣宠、存壁、慢怠和泥除等细分数等的待遇。例如南宋孝宗赵昚少年时在佑圣观读书，题壁有“富贵必从勤苦得，男儿须读五车书”。癸未（1163年）登极后，佑圣观不敢慢怠，“以碧纱笼宝藏之”。

用厚纸糊壁的保存，多是回避风险的权宜之计。在孝宗前约七十年，北宋苏东坡刚从贬谪地归来，行至常州报恩寺时，恰逢僧堂新成，以板为壁，很方便过客题写，于是东坡暇日曾经题写数篇。后来“党祸”横起，东坡诗文墨迹尽在查搜焚毁之列。报恩寺老僧卓有识见，竟敢冒死保护板壁上的东坡墨迹，“以厚纸糊壁，涂之以漆，字赖以全”。没承想，待政治陷害风潮遁去，皇上立即敕诏遍求苏东坡和黄山谷的墨迹。这时老僧圆寂久矣，唯老头陀知晓护壁事，于是报告郡守，“除去漆纸，字画宛然”。后又临写板壁上的东坡墨迹，以书本晋呈朝廷。宋高宗得览此本大喜，松院生辉，老头陀跟着沾光，也得到“祠曹牒”成为正式寺僧。

其实，“碧纱笼”可以算作寺院道观迎合世俗所需的一项发明。这恰好说明，寺壁蒙尘，拂去即可，而最难拂却的，就是世人心上的俗尘。题壁牵扯出“碧纱笼”，而“碧纱笼”又牵扯出古今多少虚荣和阴暗，恐怕国人自己都说不清楚。“索笔请题青石柱，留名愿附碧纱笼”（宋韦骧句），企望题壁后笼纱荣宠的，古今都大有人在，所以乾隆西巡见昔日诗作“已刻碑，覆之以亭，四面纱橱护之”，便戏题莲池书院，曰“桃花已谢杏花红，荏苒韶光瞥眼中。留咏前题成小驻，笑他何必碧纱笼”，那种至尊者喜形于色的真得意假谦虚，实在是言不由衷。

读题壁诗文，观人生百相，定有收获。如果想回避名利场的喧嚣，又关注题壁的读者，不妨读读宋杨万里的“若爱殿前苍玉佩，断无身后碧纱笼”、元郑玉的

“不用碧纱笼石上，但令风雨长莓苔”、明吴宽的“委巷尘埃浑不到，留诗何用碧纱笼”、清查慎行的“好是不题名姓在，免教僧费碧纱笼”等题壁诗，反倒轻松愉快，天天都有好心情。

（三）

古代民间诗文难以发表，偶获传抄，辗转来去，范围毕竟有限，旅途中的文人墨客不忍诗文埋没，愿意借壁挥洒，在交流信息中寻求知音赏识，以存久远，这是中华文化的美好创意。虽然驿馆邮亭酒楼的诗文雅聚非常短暂难得，但在“能题是幸，得传是命”的古代，口传手抄后的各奔西东，就会自然形成辐射九州四野的传播渠道。有时民间流传的“风闻”，竟比“官闻”迅疾，所以题壁诗文的传播关系着德声艺名，历代文人墨客对题壁一般不会掉以轻心，偶有笔误或改易，因数日传远，恐已追回难及，故题壁总须意在笔先，斟酌再三，盖以落笔不悔为上。

唐白居易《宿张云举院》五言排律后半首，有“夜深唯畏晓，坐稳不思眠。棋罢嫌无敌，诗成愧在前。明朝题壁上，谁得众人传”，那深夜不寐的辗转推敲，只为来日壁上的一次挥洒，确实慎重得很。苏东坡在杭州作的《见题壁》，有“狂吟跌宕无风雅，醉墨淋浪不整齐”，说的就是墙壁上那些静候知己观赏的留着原创痕迹的诗文涂鸦。创作诗文，无论优劣美丑，总要问世；无论褒贬讽诵，都愿意倾听到一些反响回声。诗板或粉壁，类似今日黑板，题写或刷新都比较方便，以此提供发表交流的平台，应该算作吾国的发明。

题壁，盛行于唐宋元明。留意唐宋官宦、学者或诗人的旅迹，专检题壁诗一一读来，不难亲近题壁，发现精彩。据宋《二程外书》、明《升庵集》等，南宋理学家程颢监洛河竹木务时，经过一寺，见壁上题着三言诗“要不闷，依本分”二句，觉意味深长，赞为“好语”；认为“若依本分，便是君子”，做人能尽守本分，即是“一悟”，故六字区区，但对行旅匆匆的过客既是提醒，也是警钟长鸣。南宋“小东坡”唐庚于蜀道见馆舍壁上有“天不生仲尼，万古如长夜”十字，以为平淡奇警。想来也是，至理昭昭，人非不知，因苦多蓄积，总须贤哲一快吐之，则天下拊掌。明代杨慎（升庵）在蜀道古栈旧壁，读到过一位别号砚沼的无名氏题壁诗，诗曰“休洗红，洗多红在水。新红裁作衣，旧红翻作里。回黄转绿无定期，世事返复君所知”，借物引喻，娓娓道出世间新情旧意的变化无常，矫然入理，况且题于栈壁，警诫行人莫放浪掷情，意味殊自不凡。书者称“古乐府一首”，倒也相符，只是元郭茂倩辑《乐府诗集》未见，疑是遗篇。杨慎认为，唐李贺有“休洗红，洗多颜色淡。卿卿骋少年，昨夜殷桥见。封侯早归来，莫作弦上箭”二十八字诗，虽然比那无名氏诗精简四字，但蕴藉差远，“何啻千里”。

宋《侯鲭录》记录过一首无名氏的《题驿壁》，对行人关照最为详细，类似旧称“征途药石”“旅行必读”。诗曰：“记得离家日，尊亲嘱咐言。逢桥须下马，过渡莫争船。雨宿宜防夜，鸡鸣更相天。若能依此语，行路免迍邅。”此诗传播久远，至民国仍有旅店书壁，劝诫过客。此律诗全拟“尊亲”口气叮咛再三，温馨也尽寓其间，唯中二联四句，每句第三字挑梁，“须”“莫”“宜”“更”俱用虚字，看似殷勤，美意却不胜咀嚼，留下瑕疵。

古代诗文大都靠传诵抄录。旅途间有壁供题，让南来北往的行客于此诵读唱和，顺便寻亲询友，等同提供信息交流的重要平台。或可交流信息，寻着知音，就此发现人才；或可路见不平，郁闷难忍，题壁发发牢骚，企盼公正。

据清《甬上耆旧诗》记，才子孙仪性格廉介，好游佳山水，每过庙宇酒楼，适逢诗兴勃勃，辄以诗题壁，但不署姓名。书生周贞靖孝廉偶经寺院，读到孙仪的题壁诗，叹为精彩，日诵其诗，却不知何人所作。后来周贞靖荣登进士，到岭外上任，没承想，与孙仪同舟伴行，二人论诗洽谈惬意，周发现孙仪携带的《借竹楼集》辑有寺院壁上那首诗，大喜，一问，方知平日崇拜者正是孙仪，于是互道相见恨晚。若无题壁诗，焉得结此诗缘？

人生不易，如果坎坷颠沛如行荒漠，更需要友情甘露的滋润。南宋陆游暮年由蜀返回浙东故里，旅途或居家都很留意题壁，无论村店道旁，皆悉心寻觅，逢着题壁必细心读过，适得佳兴随即赋诗留题，以飨过往诗友。诸如《醉中题民家壁》的“吾诗戏用寒山例，小市人家到处题”，《题村店壁》的“近秋渐动寻幽兴，绝俸难营觅醉钱。到处不妨闲著句，他年好事或能传”，《题野店壁》的“道里逢人问，题名拂壁看”，《题道傍壁》的“莫辞剩买旗亭酒，恐有骑驴李白来”等，皆时出隽语，倾诉甘苦忧乐，期待知音见赏品说，也是“嘤嘤相鸣”。

题壁，能让过往行人遍览，情感公开，有利于畅怀抒发。在郁闷的题壁者那里，与其说是安顿表现欲，不如说是快意喷发，一泻块垒。如果私下难觅倾听的知己，那就索性当众舒啸，或可幸逢怜惜宽慰，或可广而告之后得到回响和支持。

据清《不下带编》，长洲某诗翁因为二子奉养慢怠，无可奈何，题自家堂壁一诗："人生七十强支持，帘卷西风烛半支。传语儿孙好看待，眼前光景不多时。"诗很直白，如同对面话语，每句的后三字"强支持""烛半支""好看待""不多时"，最得"衡秤压砣"之法，容易警醒。老翁二子方以文学有时名，观壁大惧，恐不孝丑事影响前程，立马拜托亲友恳请父亲涤壁去诗，保证日后奉养有加。后来壁诗虽然涤去，但诗已传遍，也为长洲儿女留下永久的训诫。其子见诗能大惧并承诺奉养，说明天良未尽，尚可提耳回头。

明代《戒庵老人漫笔》记有流贼赵风子题驿壁七律，颇堪细味。流贼，即流窜的土匪。赵风子被官府擒拿后，途经河南，题驿诗曰："魏国英雄今已休，一场心事付东流。秦廷无剑诛高鹿，汉室何人问丙牛？野鸟空啼千古恨，长江难洗百年羞。西风吹散穷途客，一夜游魂返故丘。"此诗若非他人代笔，从颔联巧用秦赵高指鹿为马（朝廷是非颠倒）和汉室丞相丙吉问牛（关心民生疾苦）二典，应信"穷途客"赵风子也是熟读诗书的人才，或因世道险恶被逼得走投无路，才落草成了"梁山好汉"。此诗暗传了他对奸佞当道而清官太少的现实极度不满，大约本想成就一番肃奸事业，无奈结果"是非成败转头空"，落了个羞愧之憾。

（四）

从数量上看，题寺壁、驿壁、斋壁，是题壁诗的大项，精彩多多，影响也比较深远。南宋偏安后，朝廷避谈恢复，逸乐于歌舞升平，诗人林升讽刺当朝忘怀国耻只顾享受，曾经写过一首《题临安邸》，"山外青山楼外楼，西湖歌舞几时休？暖风熏得游人醉，直把杭州作汴州"，郁闷至深，不形于色，淡淡道来却针砭有力，可作史实诵读。另有无名氏的《题壁》，讽刺也很深刻，"白塔桥边卖地经，长亭短驿最分明。如何只说临安路，不较中原有几程"，说临安（杭州）远郊官道上的白塔桥边有"卖地经"（卖地图）的，路过的官员只买《朝京里程图》，以便尽快进京朝拜腾达，对沦陷的中原故土却无人问津。宋朝每十里设置一邮亭，每三十里设置一驿站，"地经"上标识邮亭和驿站通常都比较清楚。此诗似不经意的一问，直刺朝廷官员的苟且，针砭有力。此种冷峻非常的平淡奇崛，最不易作。后人谈诗论史，言及南宋淡忘故土恢复事，多举此二诗，足见其影响。

古代民间有怨苦不敢疾呼时，或拣题壁方式，广而周知，企盼公正降临。因为这些题壁文字大都有不便直言的苦衷，故多匿名，并且以隐字暗喻等手法曲婉出之，聊可舒啸不平。明李应昇《书驿亭壁方寿州诗后》有“最是临风凄切处，壁间俱是断肠诗”，展示出题壁诗反映民间苦情的一个侧面，实际上，也点出题壁诗作为诗歌文学表达现实的重要性。

赋诗题壁，或可看作民间发表诗文的一方阵地，所以时有苛政杂税灾患等反映百姓疾苦而不愿具名的讽世诗，题于楼馆粉壁。官府如果察纳民风，通常会及时采集这些无名氏的题壁诗，作为体悯苦情的仁善之道。南宋贾似道专权时，恰逢理宗选妃，贾看中西湖樵家女子张淑芳的美貌，欲私匿府邸纳为小妾。这时有无名氏站出来题壁，公开不满，诗曰“山上楼台湖上船，平章醉后懒朝天。羽书莫报樊城急，新得蛾眉正少年”，不久就满城风雨，群情沸沸。贾似道贼胆再大，也不敢犯欺君之罪，只得收敛丑行。

此诗讥讽有据有理，揭露了位居太师兼平章军国重事的贾似道不但恃权骄横朝野，整日花天酒地，本为朝官却懒于入朝拜君，又有借选妃私匿美女等秽行。小民告官无门，题壁亮牌爆料，权作吐口恶气。后来，贾似道督师兵败鲁港，朝廷籍没其家，被监押使郑虎臣押解至漳州。郑虎臣之父曾遭贾贼残害，故于木棉庵以数十项恶罪杀死了贾似道，其中就有题壁诗所举私匿欺君等罪。

据明代《寓圃杂记》记，正统十四年（1449）战事频繁，由东南各郡调发官员颇多，周文襄为巡抚，以“缺官序用”为由，优选亲近，凡门人皆得举荐提拔。当时有个邵昕，诡谲多智，先为长洲县丞，乘机钻营，速升为昆山县尹，于是此县官员一时多如泛沫，竟“有双尹、三丞、四簿之滥”，民怨纷纷。县民王廷佩气愤不过，待周文襄巡抚至县，书诗于迎海驿粉壁，曰：“昆山百姓有何辜？一邑那胜两大夫？巡抚相公闲暇处，思量心里忸怩无？”此诗正义无畏，追问如逼，反诘有力，俨然县民上呈“意见书”，昭示于驿站粉壁，就有了公开击鼓呐喊的震山效应。周文襄读诗后还算清醒，知“民意不可拂，私情不可优”，便罢免了邵昕。

题壁，岂止是文家墨客遣怀斯文的私事？知道“有录方有史”的地方父母官，向来不会忽略题壁文化。且不说幸逢诗文家题壁留下的历代佳话，可以光炳地方史志，也应该掂量得出诸如宋包拯《书端州郡斋壁》“清心为治本，直道是身谋。秀干终成栋，精钢不作钩”等正气高标的题壁文化的厚重。自包拯题后九百余年，拜谒肇庆和合肥包孝肃祠者已难以计数。古今拜谒者皆诵读包拯题壁诗以缅怀清正，寄托现实，也顺便净化一下容易沾染世尘的风气和灵魂。其意义影响何须赘言，奈何今之旅游胜地，宁可斥资万万修筑惊天动地的天桥地道，却不愿砌墙立壁，让当代的李、杜、苏、黄留题挥洒。

其实，放眼九州，景点因历代名家佳诗佳题而成为中华著名山水胜迹的，无不流传地方沾溉题壁诗文的种种好故事，所以文化功德的事，不可轻率断定其大其小，即使沧桑变异，兵燹战祸已致某地自然风景荡然无存，如果题壁诗文尚有著录可查的话，好故事则是镌刻在史的永久不灭的精彩。

（原载于《光明日报》2017年8月，作者有修订）

诗词创作三不宜

星　汉

不宜，是“最好不要”的意思。不宜，只是一个建议而已，具体到底要不要实施，行为人自己决定。笔者诗词创作有年，所谓“诗词创作三不宜”，只是自己的体会，至于读者以为然否，那就看读者的体会了。

一是不宜用诗词写日记。刘熙载《艺概·诗概》谓：“无岁无诗，乃至无日无诗者，意欲何明？”文学史上，著名的大诗人、大词人留下来的诗词数量不一定很多。李白一生也就是千把首，杜甫留下来大约一千五百首，苏轼的词是三百五十余首，辛弃疾今存词六百二十九首，数量为宋人词之冠。李清照存词六十几首。唐朝的王之涣在《全唐诗》里仅存六首，其中两首脍炙人口，那就是《登鹳雀楼》和《凉州词》。

中国写诗最多的人是清代的乾隆皇帝，总数为三万余首。但是，乾隆的诗却没有一首被后人记住或传诵！真正的诗人写诗存世最多的是南宋陆游，自言“六十年间万首诗”，存世有九千余首。后人说到陆游诗的缺陷，大抵有三：一义多用，有句无篇，不够含蓄。这些问题的产生，大概是数量较大，疏于删汰所致。

四川人周啸天说：“当今出版诗集，越薄越好。”这话不是没有道理。

有的诗友不分主次天天写，突出数量，忽视质量，以发表过多少诗词为荣。这样的作品当然不会成为精品。苏轼就有过类似日记的诗。《壬寅二月，有诏令郡吏分往属县灭决囚禁。自十三日受命出府，至宝鸡、虢、郿、盩厔四县。既毕事，因朝谒太平宫，而宿于南溪溪堂，遂并南山而西，至楼观大秦寺、延生观仙游潭。十九日乃归。作诗五百言，以记凡所经历者寄子由》一诗，是八十九字的长题，五百字的正文，句后注十处凡四百七十一字，最长的一处是一百九十字。写这首诗的目的，苏轼在诗题的最后一句说得明白，就是“记凡所经历者寄子由”。这首诗是二十六岁的苏轼的“日记”。苏轼当官不久，首次“出差”，用“诗”的方式把所见所闻告诉弟弟苏辙。当时的苏轼恐怕无意将此诗“发表”，读者只是苏辙一人，这还有情可原。我们今天有的“诗人”，事无巨细，皆形之于诗。如妈妈某年某月某时分逝世。母亲去世，当然悲痛，写诗悼念，理所当然，抒发情感就是了，不用那么详细。再就是动辄就来个“梅花诗百首”“胡杨诗百首”，哪来的那么多话要说？这就好比把一瓶好好的果汁掺上白水，最后弄得没有味道了。

二是不宜把诗词当玩具。所谓玩具，我指的是有的“诗人”喜欢折腾一些“杂体诗”，借以炫耀自己的能耐。上网查，杂体诗近二百五十种。杂体诗虽表现出一定的巧思和驾驭文字的能力，但“终非诗体之正”，多为文字游戏。当今常见的有集句诗、藏头诗、辘轳体、回文诗、宝塔诗等。

以集句诗为例，宋代的王安石就喜欢这种形式。如《招叶致远》：

山桃野杏两三栽，嫩蕊商量细细开。
最是一年春好处，明朝有意抱琴来。

第一句来自唐代雍陶《过旧宅看花》：“山桃野杏两三栽，树树繁花去复开。今日主人相引看，谁知曾是客移来。”第二句来自杜甫《江畔独步寻花》：“不是爱花即肯死，只恐花尽老相催。繁枝容易纷纷落，嫩蕊商量细细开。”第三句来自韩愈《早春呈水部张十八员外》：“天街小雨润如酥，草色遥看近却无。最是一年春好处，绝胜烟柳满皇都。”第四句来自李白《山中与幽人对酌》：“两人对酌山花开，一杯一杯复一杯。我醉欲眠卿且去，明朝有意抱琴来。”这是集句中的“集唐”。再“精致”一些，就是专门集某位大诗人的作品。文天祥在燕京的囚室里，完成《集杜诗》一卷二百首。王安石是在“逞才”，而文天祥除了表示对杜甫为人的崇拜外，也有天地狭小的无奈。集句诗必须是博闻强识。这种形式“难能”，但不

“可贵”。今天再玩这种形式，既不“可贵”，也不“难能”，因为只需要把某个词语输进电子版的《四库全书》，就能得到比较理想的诗句。

苏轼《次韵孔毅父集古人句见赠》：“天边鸿鹄不易得，便令作对随家鸡。”王文诰注：“集古诗，前古未有，王介甫盛为之，多者数十韵。鸿鹄不可与家鸡为对，犹古人诗句有美恶工拙，其初各有思考，岂可混为一律邪？”

这种形式的问题是，全诗二十八个字，只有四次创作的机会。要求是背的诗要多，成章要快。否则是“出力不讨好”。

清陈廷焯《白雨斋词话》卷五谓：

> 回文、集句、叠韵之类，皆是词中下乘。有志于古者，断不可以此眩奇。一染其习，终身不可语于大雅矣。若友朋唱和，各言性情，各出机杼可也，亦不必以叠韵为能事。（就中叠韵尚可偶一为之。次则集句。最下莫如回文，断不可效尤也。）古人为词，兴寄无端。行止开合，实有自然而然。一经做作，便失古意。世人好为叠韵，强己就人，必竞出工巧以求胜，争奇斗巧，乃词中下品，余所深恶者也。作诗亦然。

三是不宜用诗词泄私愤。诗词无非“美”“刺”两途，可以歌颂世间的美好，也可以批评人间的丑陋，但是绝不可以用来作为骂人的工具。如果把自己心中的愤懑化为不堪入目的语言对准某一个人，那就不是诗了，充其量是骂人的有韵文字。黄庭坚《答洪驹父书》说：“东坡文章妙天下，其短处在好骂，慎勿袭其轨也。”陈善《扪虱新话》解释说：“坡盖多与物忤，其游戏翰墨，有不可处，辄见之诗。”也就是说，苏轼的“文”和“诗”都好“骂”。我们看苏诗的“骂”，充其量如其《洗儿戏作》：“人皆养子望聪明，我被聪明误一生。惟愿孩儿愚且鲁，无灾无难到公卿。”这首七绝是说，如今朝堂之上的“公卿”不乏“愚且鲁”之辈。苏轼所“骂”是一种社会现象。这种朝堂上衮衮诸公，尸位素餐的现象，历朝历代不绝其流。然而苏轼所“骂”，多为国家，为朝廷，为君王，为黎民。如果苏轼为了私利去“骂”，那他的这首诗是不会流传下来的。

远在《诗经》中就有“骂”：“相鼠有皮，人而无仪。人而无仪，不死何为？”（《相鼠》）“蛇蛇硕言，出自口矣。巧言如簧，颜之厚矣”（《巧言》），都是

“骂”，但是这种骂，不是对着某一个人，而是对社会上一群厚颜无耻的人予以讽刺。

当今有些所谓的“诗人”，把诗词当成了骂人的工具。辱骂逝者，以显示自己的“高明”。辱骂活着的普通人，以发泄其私愤。这种“诗人”，大多时候也只是过过嘴瘾。“至于骂一句爹娘，扬长而去，还自以为胜利，那简直是‘阿Q式’的战法了”（鲁迅《辱骂和恐吓决不是战斗》）。

一般来说，讽刺和谩骂的区别在于：讽刺为公，谩骂为私；讽刺的对象是社会现象，谩骂的对象是个人。骂人并不会让自己占据道德优势，反倒显得更小家子气。▣

名家诗钞

丰子恺诗词

林　峰/辑

丰子恺，（1898—1975），号子觊，浙江省桐乡市人。中国现代画家、散文家、美术教育家、音乐教育家、书法家和翻译家，以中西融合画法创作漫画以及散文而著名。曾任全国政协委员、上海文史馆馆员、中国美术家协会常务理事、上海美术家协会主席，上海市对外文化协会副会长、上海市文联副主席、上海中国画院院长等。

晨起见园梅飘尽口占一绝

铁骨冰心霜雪中，孤芳不与众芳同。
春风一夜开桃李，香雪飘零树树空。

浪淘沙

百卉竞春阳，九十韶光，少年裘马自疏狂。记得小桥垂柳外，红雨沾裳。　　溪水碧汤汤，越女吴艭，谁家女伴斗新妆。陌上花开归缓缓，风递衣香。

朝中措

一湾碧水小窗前，景色似当年。旧种庭前桃李，春来齐斗芳妍。　　如今犹忆，儿时旧学，风雨残编。往事莫须重问，年华一去悠然。

满宫花

荻花洲，斜阳道，一片凄凉秋早。异乡风物故乡心，镇日频相萦绕。　　桐叶落，杨枝袅，做弄闲愁闲恼。秋来春去怅浮生，如此年华易老。

减字木兰花

他乡作客，每到春来愁如织。怕上层楼，柳暗花明处处愁。　伤心春色，独自垂帘长寂寂。多事黄莺，百啭高枝梦不成。

西江月

百尺游丝莫系，千行啼泪难流。艳红姹紫无消息，赢得是新愁。　故里音书寂寂，客中岁月悠悠。春归人自不归去，尽日下帘钩。

仿陶渊明《责子》诗

阿宝年十一，懒惰故无匹。
阿先已二五，终日低头立。
软软年九岁，独坐满娘膝。
华瞻垂七龄，但觅巧克力。
元草已四岁，尿屎还撒出。
不如小一宁，乡下去作客。

生　机

谁言争战地，春色渺难寻？
小草生沙袋，慈祥天地心。

高阳台

渌江舟中作

千里故乡，六年华屋，匆匆一别俱休。黄发垂髫，飘零常在中流。渌江风物春来好，有垂杨时拂行舟。惹离愁，碧水青山，错认杭州。　而今虽报空前捷，只江南佳丽，已变荒丘。春到西湖，应闻鬼哭啾啾。河山自有重光日，奈离魂欲返无由。恨悠悠，誓扫匈奴，雪此冤仇。

和表侄徐益藩

寇至余当去，非从屈贾趋。
欲行焦土策，岂惜故园芜？
白骨齐山岳，朱殷染版图。
缘缘堂亦毁，惭赧庶几无。

望江南

避难（六首）

其　一

逃难也，逃到桂林西。独秀峰前谈艺术，七星岩下躲飞机。何日更东归？

其　二

闻警报，逃到酒楼中。击落敌机三十架，花雕美酒饮千盅。谈话有威风。

其　三

逃难也，万事不周全。袍子脱来权作枕，洋火用后当牙签。剩有半枝烟。

其　四

空袭也，炸弹向谁投？怀里娇儿犹索乳，眼前慈母已无头。血乳相和流。

其　五

逃难也，行路最艰难。粽子心中藏法币，棉鞋底里填存单。度日如经年。

其　六

防空也，日夜暗惊魂。明月清风非美景，倾盆大雨是良辰。苦煞战时民。

和贺昌群

瘴乡三月乍温寒，千里书来画节看。
却羡知章归计早，到家应未见春残。

辞缘缘堂二首

其　一

秀水名山入画图，兰堂芝阁尽虚无。
十年一觉杭州梦，剩有冰心在玉壶。

其　二

江南春尽日西斜，血雨腥风卷落花。
我有馨香携满袖，将来麟凤向天涯。

乐山访濠上草堂

蜀道原无阻，灵山信不遥。
草堂春寂寂，茶灶夜迢迢。
麟凤胸中藏，龙蛇壁上骄。
近邻谁得住？大佛百寻高。

1943年，赴乐山访马一浮先生，回沙坪坝记录

人间到处是修罗，天地依然喜气多。
昨夜月明江水碧，今朝日暖鸟声和。
风鹤声中赴远游，满江冰雪满身愁。
如今却喜安然返，三首新诗一叶舟。
尚有空名在国中，新朋到处喜相逢。
酒酣欲把唐诗改，天下何人不识丰？
乱世微躯幸苟全，随身况有满串钱。
归家应置千盅酒，先祝回春后过年。
时穷犹不辍弦歌，学子莘莘菜色多。
中有盈盈娇女子，乱头粗服像村婆。
锦屏山下客流连，蒸馍油茶胜绮筵。
他日五湖访范蠡，夜船剪烛话当年。

友人赠红豆作诗答之

其　一

相思诗句久慵拈，异样猩红到指尖。
却羡多情俞处士，常将红豆作灵签。

其　二

多感多情总是痴，中年未过鬓成丝。
明朝又是孤舟别，遍地干戈一画师。

蜀游途中得双红豆寄赠宗禹

相隔云山相见难，寄将红豆报平安。
愿君不识相思苦，常作玲珑骰子看。

成都道中闻陈宝毕业中大外文系，应南开中学聘率成一律寄示

雏凤新飞下翅难，近林占得一枝安。
他年桃李花争发，此日椿萱意自欢。
欧美文章无毕业，皮黄清唱好偷闲。
诗成我在成都道，寄与峨眉学士看。

寄一吟

最小偏怜胜谢娘，丹青歌舞学成双。
手描金碧和渲淡，心在西皮合二黄。
刻意学成梅博士，投胎愿作马连良。
藤床笑倚初开口，不是苏三即四郎。

戏和马公愚《梅花诗》

其　一

当年曾住小西涯，门对孤山处士家。
常怪阳春飞白雪，原来点点是梅花。

其　二

孤芳最早发湖涯，不与群芳共一家。
待得湖滨花如锦，枝头不复有梅花。

其　三

孤山香雪隔天涯，梦里清姿到我家。
四马路旁无寸土，更从何处觅梅花。

其　四

年来学习为生涯，不作诗家或画家。
今日无端诗兴发，也来步韵咏梅花。

浣溪沙

慰郑晓沧先生悼亡

苍狗白云不可凭，水光山色与人亲，诗人老去惜余春。　满架图书都解语，一庭风月最关情，谁言寂寞养残生？

一剪梅

清　明

佳节清明绿化城，草色青青，树色青青。室中也有绿阴成。窗上花盆，案上花盆。　日丽风和骀荡春，天意和平，人意和平。人生难得两清明。时节清明，政治清明。

清雅诗怀

◎ **褚水敖**

戊戌新年抒感

欣然岁首思新路，往事回眸隔世间。
去日惊多望来日，冬颜返老换春颜。
镂心家国心犹壮，纵笔诗文笔岂闲？
对镜笑容相鬓白，性情万水复千山！

昨夜无眠

新年吟唱欲追新，清兴殷殷早着春。
酌句惟求精妙句，修身亟望自由身。
雅怀最爱诗文美，好事常从声气淳。
昨夜无眠思一事：人生有志自精神！

◎ **陈修文**

寄　远

一别家山梦几还，情思欲寄独凭栏。
雄心自有国须报，傲骨常留腰岂弯？
柳暗花明春去急，人非物是鬓先斑。
犹期万里同舟济，搏击风云碧浪间！

冬之韵

一岁匆匆一转身，琼花又舞扫陈尘。
愿随追梦拿云手，甘做倾情码字人。
塞外休惊杨柳瘦，山巅已蕴雪梅新。
悠悠往事莫回首，月冷风寒难阻春。

◎ **吴江涛**

早春书感

冠虫肆虐鸟啼哀，无用书生困小斋。
窗竹依依知众苦，迎春簇簇向谁开？
护生慈爱天人顺，纵欲贪婪黎庶灾。
向晚无言望新月，蟾光脉脉独徘徊。

采桑子

春　雪

沉沉春晓惊雷疾，闪电游龙。飞雪蒙蒙。黄叶翻飞镇日风。　围城半月相思苦，渐觉春空。独倚帘栊。一鸟哀鸣枯树中。

◎ **杨文生**

山居感怀

居得伏羲连野田，依稀耳畔响山泉。
丹霞云落杏花梦，翰墨星开诗酒年。
时有闲来时有累，半年俗务半年仙。
迎来送往非余事，笔走龙蛇换小钱。

鹧鸪天

居家隔离感怀

风雨如磐暗故园，蛰居尚自胜神仙。杏林凭序春风破，橘井生香浩气还。　　擂战鼓，灭凶顽。诗心若水共云闲。身虽困锁庭隅里，思绪犹能向海天。

◎ 王彦清

春夜闻雷

混沌以来不可数，万八千岁生盘古。
年轮滚滚又新岁，忽报九州染冠毒。
白衣赤甲齐上阵，千门万户同伏虎。
捷报频传抗疫路，春风催人入画图。
百鸟语，鲜花吐，春光尽扫山城雾。
忽闻空中鸣嗖嗖，银灯频摇停不住。
夜空瞬息来雨幕，苍穹骤变蛟龙窟。
雷车驾雨如恶虎，扑向黑夜蛟龙舞。
黑云瀑，神擂鼓，雹如狂矢穿天过。
电光乍泄惊天宇，天旋地转无返顾。
天神抖鞭绕天柱，直上河汉摇星渚。
横扫山川向东去，劲驰万里济荆楚。

◎ 李　钢

心　悟

宇宙浩无边际，物灵变幻谁知？
放眼人间百相，临风笑对得失。

晨　起

星月杳无踪，东方曙色红。
花摇枝带露，树动鸟临空。

◎ 李辉耀

观长春外校诸生集体晨读感赋

诵诗学子醉如痴，撼我心灵得句迟。
忽见校园三丈树，当年尽是手中枝。

步郑欣淼会长《七十咏怀》

其　四

回首平生岁月匆，天涯何处觅泥鸿？
红尘劫历三千种，险隘危经几十重。
堪笑僬侥堕钱眼，敢持大笔写心胸。
如烟往事凭谁记？指点江山忆旧踪。

菩萨蛮

春节忆旧步范诗银会长《菩萨蛮·悉尼春日》韵

杜鹃声里斜阳暮，思乡常诵归来赋。伊昔艳如花，西子浣溪纱。　　当年腾凤羽，两情曾相许。白首忆芳春，倩谁揾泪痕？

◎ 李晓燕

野菊花

枝顶团香宜晚秋，从容开在碧山头。
谁言孤寂无人赏？也自清高远俗流。

小雪无雪

闲饮小茶思落雪，凭窗远望静无声。
寒风不解诗人意，不许琼花开满城。

◎ **姚崇实**

暮秋夜雨口占

潇潇半夜听秋雨，辗转难眠百感生。
世事不惊多怪事，人情已惯少真情。
当年壮志如空影，来日重忧似铁城。
忽至深山梅树下，一轮明月照风清。

新居高卧

高卧新居乐若何，闹中独静养清和。
无官两袖俗尘少，有品一生雅兴多。
窗外青山宜远望，楼头明月可轻哦。
此中真意谁能解？但笑庸人费揣摩。

◎ **张智深**

豪　言

弯弓射白日，炼石补苍天。
沧桑终不废，华夏五千年！

宅家戏作

神州战冠毒，空叹逆行艰。
报国岂无计？男儿当自闲。

为抗疫作歌

乐思纷如春雪轻，未披丝管便多情。
今朝制曲最无价，不为商家一丈绫。

◎ **冯倾城**

诗奉杨义老师

濠江隐大儒，鹣鲽水云居。
夜读千家论，朝成万卷书。
还原超旧构，叙事尚新疏。
德艺馨天下，虚怀赤子初。

敬悼澳门中华诗词学会冯刚毅会长

云鹤西归晓月昏，芝兰九畹泪犹温。
一生苦旅天涯客，万卷骚辞爱国魂。
腹有经纶援社稷，心怀李杜荐轩辕。
广传诗教春风雨，大爱劬劳两永存。

◎ **王　威**

游　春

四面碧波三面香，天风一线钓湖光。
回头十里皆春色，不负花期似梦长。

无　题

清风刚过海，我已上云宫。
碧野窗前小，红尘脚下空。
回眸寻北斗，指手探苍龙。
淼淼千秋事，还来一梦中。

◎ **姜　彬**

庚子花朝大雨

樊湖远眺雨如烟，遍罩渔村廿里川。
山路如肠盘到顶，樱花似雪缀成笺。
桥通鄂渚琴台近，柳暗石门关塞连。
此际脑浮唯一事，百花那朵为侬妍。

西亭怀古

古道车穿快似梭，我来斯处欲高歌。
苍然一啸嫌天矮，暮色频腾掩屋多。
静坐中央寻旧迹，偏从凹处踏青莎。
西亭漫忆尘间事，谁识当年那玉珂！

踏莎行

东新砖雕

竹菊相依，梅兰绚彩。龙腾虎跃旗如海。果城古建历千秋，印模色似黄丝带。　　孕古今情，藏山水寨。卌年回首春还在。錾雕屡屡蔚奇观，名高早至云天外。

◎ 孙和平

花　茶

江南丝竹响琵琶，一曲芬芳茉莉花。
万种幽情千古意，泡进成都盖碗茶。

忆少年时代通宵读书

大巴山月又临窗，簌簌秋风夜半凉。
书读通宵人不倦，诗追大雅兴犹长。
十三经卷篇篇注，百二河山寸寸光。
掩卷唏嘘无限意，冲天一笑又朝阳。

◎ 蒋月华

望楚乡

海涛悲已滞，念楚久凭栏。
黄鹤鸣哀厉，垂杨料峭寒。
愁心寄明月，素手叠苍峦。
日日唯祈祷，除妖万户安。

闲　吟

琴韵绕梁旋，徐行思悄然。
韶华香径月，往事陇头烟。
鹤梦驰千仞，芳笺写十年。
今朝身尚健，浅酌缔诗缘。

◎ 王仙荣

读　史

读经阅典知兴替，抚掌垂竿笑古今。
感慨千年青史上，英雄人物几浮沉。

庚子上元夜

火树依稀照夜明，楼头祈祷佑江城。
欲将投笔驱魔去，还寄愁心与月听。
瘴疠消除终有日，乾坤扭转岂无凭？
但看春水流连处，壮士三千正逆行。

◎ 子　川

庚子立春

春来窗外莫踌躇，日与书山共一壶。
风未叩门天有眼，浮云尽去见前途。

水调歌头

汉水恨悠悠

谁在躲庚子？禁足望荆州。龟蛇分岸惊立，黄鹤别斯楼。遥忆一声枪响，唤醒千年沉睡，岁月向东流。自恃有辛亥，高枕似无忧。　　世间事，莫不是，悔无由。突来恶梦，风起哨息顿生愁。无处不歌盛世，但见南山带泪，汉水恨悠悠。谨记新冠毒，原是我蒙羞。

◎ 梁　林

云

万里长天涌浪潮，雄狮骏马孰英豪？
携雷裹电霓中舞，聚水堆山幻里飘。
能给人间遮烈日，还帮大地润秧苗。
任由风妪频施虐，一片丹心向碧宵。

辽祖州秋感

三面环山一谷通，森森树木锁皇陵。
临秋红叶风中舞，展翅雄鹰岭上鸣。
古道蜿蜒通圣地，龙门险峻挽雕弓。
恨惜祖庙成残瓦，幸有石屋劫后生。

◎ 章国保

战友九狮苑宾馆重逢

新枝嫩叶又春光，故友重逢意味长。
脱口七言诗一首，碰杯万盏酒三箱。
心声乐道儿孙事，耳语忧思父母康。
似水年华何忆起，激情岁月怎能忘？

青玉案

荆州首届中华诗人节

屈原故地诗人节，四海客、追思切。齐诵《离骚》情激越。汉江流韵，浪花飞迭，放眼吟旗猎。　　榴红似火荆州热，秀水灵山白云洁。华夏声音环宇彻。曙光初照，艺林新叶，胜地人豪杰。

◎ 叶乃新

丙申秋夜遥望星空口占

夜望苍穹心底安，芸芸不歇闪光寒。
夕阳隐影无消息，星斗临空照宇寰。
万里长城凭点点，千般民瘼爱端端。
红尘小辈情何似？炯炯银河诗境宽。

鹧鸪天

己亥七夕怀远

勧影长留脑海中，临书笔泪染秋桐。床头曾共抒肝胆，翰墨常分说异同。　　伤别后、似孤篷，每随儿女走西东。擎杯十载空悲切，牛女年年七夕逢。

◎ 郑诗华

赞白衣战士

庚子初年倍觉寒，神州倏忽染新冠。
白衣天使播春雨，赤甲仙人搏激澜。
领袖群英施妙策，山河一体解危难。
疫情平定凯歌起，铸就丰功社稷安。

◎ **高福林**

冬日客怀

陌草轻拈露，山亭重问茶。
经秋依念故，披雾巧寻涯。
鹤语南柯郡，鸡鸣茅店家。
烟波终有意，把酒祝韶华。

咏　竹

漫道龙孙似脱缰，春风一鼓更猖狂。
日催锦箨添高味，夜笼新梢镀细香。
劲节生来君子种，修枝别出美人裳。
偏多叶滴潇湘雨，凌乱瑶琴自滥觞。

◎ **蒋小华**

围棋赋

四角九星三六一，纵横交错点分明。
黑先入子寻金角，白后搜根度势行。
莫使假空迷大局，但留真气固方营。
平衡呼应高低巧，攻守自如风水生。

咏残荷

一池萧瑟一池寒，几片枯黄掩瘦盘。
偶有残花亲浅水，全无彩蝶恋淤滩。
可怜尘客追风易，谁叹莲心守洁难？
过眼繁华浮世景，但存傲骨伴金冠。

◎ **林　瑛**

赞柯城赴武汉女医生

自古三衢女最奇，逆行而上抗妖魑。
此身为国甘担险，他日还家再画眉。

腊八诗会

半倚书房衢水旁，腊梅诗会曲低昂。
吟哦声震青云外，千古风骚已激扬。

◎ **孙剑锋**

西江月

喜迎鼠年

昨日金猪回府，今朝银鼠来蒲。纷飞六出漫蓬壶，一片清氛永驻。　　无数骚人雅苑，齐开诗路宏图。同声同喜何如，更把吟旌高举。

鹧鸪天

复　工

柳绿花红漫野郊，山川浮碧景难描。纷飞紫燕回乡野，萌发青苗入眼高。　　微信约，手机邀。智能引领复工潮。全民抗疫迎春到，倍觉滨城分外娇。

◎ **杨文才**

论　笔

碑碣湖亭一瞬过，千年词笔论东坡。
若非天降乌诗案，未必长留醒世歌。

漱　玉

漱玉西湖畔，灵源沁肺心，
腔圆能引雀，籁爽好谐琴。
吞吐风云气，弹敲磬铎音。
东坡应有觉，猿鹤伴龙吟。

◎ 陈松昆

秋

栈道盘旋接远天，清流俯视觉微寒。
漫山红叶共霞醉，遍地黄花与客欢。
鼠窜树冠衔果去，鹰击碧落觅食还。
大千世界自由竞，阆苑流连羽化仙。

冬

梨花一夜九重飘，素裹银装分外娇。
百丈冰凌伸铁臂，千年松柏挺钢腰。
山峰无语留夕照，林海有声掀浪涛。
莫道隆冬缺胜景，于无声处涌春潮。

◎ 李　易

庚子中秋夜于帝都

遥意仙俦趋帝京，云装烟驾下蓬瀛。
酌来桂酒簪花影，呼去玉盘渡斗星。
月共此时梦飘远，露从今夜寄升平。
瑶池饮罢真国色，再倾神州一叇明。

端午

郢路遥迢醒庙庭，云中轻叹梦湘灵。
聒聒北吠咸骄耻，隐隐西来尽诡兵。
一世簪缨断沧浪，千年汉水数霜星。
遥闻江上棹歌远，顾影依稀是屈平。

◎ 李雍城

赠恩师

笔置凰台赴雁舟，空徊短棹怅淹留。
晨钟梦入云屏殿，暮雨痕干赤岩楼。
半卷诗书催铃噪，曾折翠柳盼回眸。
嘉陵夜唤无垠泪，已泛清江几数愁？

◎ 张孝玉

墙头小花

环境艰危尚不惊，峥嵘巅上显峥嵘。
登高不是攀高贵，阅世既微谙世情。
莫作骑墙荒院草，已征敲句特空灵。
野村独有此奇景，背影蓝天供写生。

山水诗踪

◎ **陈小明**

饶宗颐纪念馆

一代宗师信不凡，群书照眼两厢宽。
三坟五典入心后，四海无涯挂素帆。

韩　祠

朝谏一封惊责深，天涯瘴岭路沉沉。
仁风已化蛮荒地，山水称韩直到今。

广济桥

韩水悠悠昼夜流，楼头翘首凤凰洲。
游人络绎踏舟过，来向铣牛问去留。

游鼓浪屿

天风鼓浪渡行舟，蓬岛氤氲宿雨收。
云起金门飞白鹭，烟生碧树锁红楼。
槐柯曾寄卅年梦，萍迹空随九派流。
屿上他年逐渔父，长竿独钓一湾秋。

◎ **刘太品**

游桂林顺漓江之阳朔舟中小酌

阳朔风华天下名，锦廊百里画船轻。
乱峰突兀破空出，杂树参差夹岸生。
水到至清鱼可数，山称独秀鸟还惊。
一樽桂酒开幽抱，何日沧浪任濯缨？

游海南儋州松涛天湖

斜风疏雨过椰林，玉树琪花遍地金。
墨客一船宜煮酒，青山四面共知音。
平生素愿狎白鹭，不尽清波横碧簪。
明月天涯秋正好，松涛无际涤尘襟。

◎ **王纪波**

咏庐山

高隐难藏身与名，南天兀立势纵横。
涵容日月九江合，吞吐风云五岳轻。
壁上文章何炳焕，胸中峰壑怒峥嵘。
氤氲空水银河落，激起春雷四海声。

山中读书

蛱蝶翩翩过紫藤，诗书漫卷叶层层。
每从禽语知晴雨，偶指飞星论废兴。
击水三千超北海，仰天一笑出南陵。
灯前半盏花开落，卧看洞庭云气蒸。

浣溪沙

题岳西县岩河村

山色烟光竹外多，水声高下枕边过。衣冠简朴惠风和。　　人到岳西春未老，燕来檐下语如梭。小村名字唤岩河。

◎ 谢丹月

钱江观潮

碧海青天一线开，玉龙翻滚夹鸣雷。
蓦然卷起千堆雪，忽挟三山五岳来。

云栖竹径

果然无雨亦潇潇，露滴千竿碧玉条。
曲径幽深通古寺，心池澄彻涤尘嚣。
清荫一路凉生袂，林鸟三声趣别饶。
今日悠游欣有获，虚心节节向青霄。

◎ 林建华

长岛月牙湾

明月何时落海湾？流光千点映群山。
广寒莫若人间好，戏浪追风到世间。

郭亮挂壁公路

悬亘通途挂半空，飘摇恍到乱云中。
群仙惊异神奇事，郭亮大名天下雄。

虞美人

兰陵醉

星移斗转何时有，天酿兰陵酒。郁香久醉两千年，不见酒仙回首、在云边。　谪仙已醉百千载，未把初衷改。我今只为解乡愁，欲共清香来去、任悠游。

◎ 陈田贵

燕子河

燕子河畔燕子飞，五彩田园映旭辉。
昔日柴扉何处是？琼楼拂柳客徘徊。

阳坝茶园

山水沐韶光，茶畦绿又黄。
茗香清肺腑，好景入诗章。

◎ 叶志深

好川村

华夏源流一脉延，饮风浴露想当年。
烹陶祀玉虽无语，却向后人报祖先。

浙西南革命老区

老区新貌放长歌，且有春风不改波。
求是百年昭日月，英魂万古壮山河。
几时树色催寒近，遍野莺花向日多。
百岭千峰都作证，亦红亦绿两相和。

◎ 马　翚

水调歌头

戊戌暮秋登黄鹤楼

读诗知黄鹤，久慕鹤之楼。梦魂曾在，梅花江畔系扁舟。追鹤飘然天外，望月扶摇直上，身似一轻鸥。未见汉阳树，疑是到瀛洲。　今登临，烟波冷，抱山流。楼头送目，碧水人事两惊秋。眼里江山入画，不是旧时檐瓦，任他楚天幽。莫起悲凉意，风物有沉浮。

念奴娇

游澳洲邦迪海滩

远洲彼岸，见碧空澄净，海天无际。曲港风轻花气暖，光动一滩春意。飞鸟悠闲，玉肌香腻，漫在晴阳里。时光容与，望中波静如洗。　回首廿载殷勤，可怜来去，碌碌心难寄。对语白鸥催梦醒，湾岛石栏重倚。古木斜晖，危岩宿月，星转人声细。百年如瞬，一番心事还起。

◎ 任政云

山　居

小院春光足，门楼第几家。
云窗开绿野，夕照隐平沙。
槛外双生竹，篱前五色瓜。
闲来星共月，煮酒论梅花。

浣溪沙

新岁登高榜山

石径烟笼日半斜。层林听鸟一些些。流泉百折绕山家。　三五呼来同纵目，万千看罢醉流霞，何妨此处老生涯。

◎ 蓝贤寿

茶园村槠树林

千枝万树耸云霄，日照珠光霞绮飘。
百年山村风俗美，满林春色最妖娆。

班春劝农淤溪村

溪涧门前过，山中竹叶清。
班春千古事，乐起牡丹亭。

◎ 李志杰

金莲川草原

其　一

如黛青山花似海，横波秋水远红尘。
青骢驰骋如云翼，一曲飞歌梦里人。

其　二

草木葳蕤枝上俏，山欢水笑竟妖娆。
征鞍欲去留还驻，共赏斜阳似火烧。

◎ 潘世信

登锁钥楼

魏武挥鞭失纪年，东南半壁有遗篇。
大江锁钥燃烽火，绝塞洪涛拍舰船。
铁索销沉留浩气，故垒斑驳对苍天。
登楼遥望孤峰碧，日暮声声啼杜鹃。

水调歌头

游威海华夏城

夏禹千年约，今日到瀛州。龙山叠翠欢舞，仪仗列牌楼。民俗珍藏雅趣，古典东方神韵，款款摄明眸。佛雨高天普降，禅意漾心头。　　隐桃源，居小镇，乐悠悠。洞天福地，视听盛宴共情讴，探海龙宫激魄。验战硝烟试胆，家国寄韬谋。回首迷人处，骚客若烟流。

◎ **翁仞袍**

登嘉南美地

好个嘉南山水妍，巧生湖畔柳烟间。
清波一片鱼争跃，胜景千重鸟自还。
诗句催开明月夜，歌声吹亮百花颜。
高峰造就蓬莱境，天上云楼亦可攀。

港珠澳大桥

远眺轻车过海空，灯光如昼显神工。
云间桥似巨龙卧，波底墩如铁壁封。
三地通途来往客，双峰渡水北南鸿。
神州自古多奇迹，旷世长桥万世功。

◎ **胥春丽**

七星河湿地乘筏游览

探尽清幽水路长，白头也作少年狂。
诗心淡入湖光里，捞起桨声细打量。

鹧鸪天

雨中游莲花湖

骤雨忽来云卷舒，一湖溅起万觚珠。篷前摇醒三千籽，亭下掀飞几页书。　　声渐紧，蕊新出，娉婷菡萏绿烟浮。怜花最怕风来紧，恨不青荷一手扶。

◎ **孙　文**

减字木兰花

雪　乡

仙乡微醉，几许霜枝云上坠。叠作琼花，印出双双小脚丫。　　心思何处，梦到罗浮听笛去。夜色阑珊，一袖梅花不忍眠。

朝中措

徐州安国行

千秋安国俊才多，独步漫吟哦。昔日金戈铁马，今朝锦绣山河。　　茫茫泗水，巍巍铜鼎，柳浪烟波。五里三侯祠畔，仰天一阕风歌。

◎ **夏希虔**

招贤渡感怀

梦里相逢几度秋，今朝结伴共悠游。
浓荫树下频瞻望，碧水滩边久逗留。
车马辚辚人碌碌，春风簌簌鸟啾啾。
诗心不负云天渡，月色空濛此泛舟。

游龙谷山庄

兴酣偕伴入山游，秋意深深眼底收。
瑟瑟金风云叠叠，层层翠岭雾悠悠。

谷中静谧听泉涌，域外清幽驻足留。

借得光阴三五寸，耕云种月欲何求？

◎ 邱宇林

访罗浮

飞云登顶我为峰，欲会仙翁谁与逢？

潜璧如萤光可鉴，罗浮南粤万山宗。

奉节吟

子规声里青岚隐，梦里呼来一叶舟。

何处烟波传远讯，千山万水解人愁。

◎ 王祝成

义　桥

其　一

豪气已留天地间，傅家山里竹婆珊。

吴中春发三江畔，岭外蛙鸣百草端。

柳向朝霞花可醉，兰开甘露翠能餐。

年年相忆浙东路，千古玑珠一玉盘。

其　二

苍苔涧底听潺潺，疑似瀛洲水一湾。

柳绾新妆开昼景，鱼游清镜见天颜。

翠微淡薄襟怀事，芳草留连心境闲。

琬琰功高载千古，归程却把晚霞删。

◎ 姚佩伦

烟雨游漓江

青山傍水景清幽，烟雨朦胧水上舟。

行处迷离浑似梦，漓江仙境画中留。

月牙泉

鸣沙山下月牙泉，清水一泓别有天。

景象奇新生态美，白云深处似神仙。

◎ 董雪松

旅　行

身许闲云步履轻，盘游临境草原行。

烟波十里闻笛韵，香野一怀收晚风。

抖落尘嚣天澄阔，消磨暑热水清明。

但观曲径通幽处，日落平湖鸟不惊。

漓　江

苍烟含黛入澄空，细浪翻花流向东。

滴翠巍峨排画境，浮白缥缈锁青松。

半肩疏雨何年驻，满腹闲愁几度听。

原是人生多况味，最逍遥处一襟风。

◎ 周樟土

春日即景

烟花三月惠和风，燕尾彩鸢上昊穹。

青岸几多垂钓客，柳丝拂面坐如钟。

烂柯山

青霞一线天，翠幕映桑田。

黄发棋终竟，樵夫柯烂穿。

腹空吞玉果，口燥饮甘泉。

回望炊烟起，红尘逾百年。

◎ 张紫薇

圣泉寺感怀

焚香礼座前，法力自无边。
试看幽窗外，红尘万丈烟。

游皇藏峪瑞云寺

翠木连山寺，朱墙溢暗香。
瑞云迷此境，千载岁悠长。

◎ 傅祖民

新春游滨江公园

其　一

草自青青花自红，柳丝摇曳舞东风。
春光璀灿莺声啭，云朵如舟泛碧空。

其　二

潋滟平湖濯碧螺，日筛堤柳影婆娑。
穿帘紫燕衔泥急，隔水犹闻渔父歌。

◎ 高先仿

荷塘月色

阵阵清风荡碧波，月光入水影婆娑。
满塘惬意装不下，总有蛙声跳出河。

探迹东浦渔灯

渔火繁星枉费猜，探寻旧迹小蓬莱。
轻舟款款乘风去，鸥鸟频频逐浪来。
岛景多随心景动，波光每与眼光开。
村翁手指浮礁处，正是当年钓客台。

◎ 张维刚

壶口瀑布

黄河涌起浪千叠，澎湃中华故事多。
夙梦飞虹十万里，来听壶口万古歌。

渔家傲

初冬登超然楼

云白天蓝湖色淡，烟波碧水寒风渐。画舫悠悠诗点点。闲眺览，鱼游浅底鳞光闪。　　枯荷柳黄沉旧艳，登楼远望青霜染。忽见紫禽飞似剑。梢头站，日下残苇生红焰。

◎ 毛亚东

林家村桃园

其　一

一方春色点轻寒，莫与人言两地难。
谁道看花千里远，与君微信祝平安。

其　二

历经风雨有谁知？又见桃花怒放时。
吾见春风挥巨笔，山中浓绿是新诗。

◎ 华慧娟

梅　庐

暮色含芬晚夕斜，秦风一咏念《蒹葭》。
流光难掩三生梦，雨幕终归九陌霞。
阅尽世尘梅作笔，骞腾思翼砚当茶。
翰林书院寻千醉，自有高怀映玉华。

咏抚仙湖

谁破天坛洒入空，江川万顷郁香浓？
借来七斗邀仙酌，饮到三更与月逢。
角羽宫商弹昔曲，侣朋贤士醉今钟。
湖亭遥对星波远，爽籁催眠卧碧松。

◎ 郑杨松

文成百丈漈

银河碧水破天开，百丈飞流呼啸来。
珠雨空濛凝赤壁，岚烟迷雾锁云台。

文成铜铃壶穴

不分日夜响雷霆，传说观音拂净瓶。
十二瀑飞连峡谷，奇壶泉涌洗铜铃。

◎ 周同顺

津门夕照

西风冷露芦花白，岸水蒹葭映晚霞。
锦鲤兴波惊宿鹭，夕阳倦懒照坳洼。

津门阳春

三月和风暖，津门斗丽华。
银鸥初试水，桃蕊竞开花。
倚阁春光俏，游园画景佳。
诗朋文赋赞，雅韵美无涯。

PK唐宋

◎ 曹　旭

京都南禅寺听雨

默坐焚香久寂寥，小楼闲倚一枝箫。
京都夜半南禅寺，雨打芭蕉是六朝。

赠　人

谁道年光如过客，相知何必说灵犀？
思君恰似传书雁，愁里西风更向西。

饯别伯伟

帘间清酒半壶春，京国行吟旧雨尘。
今夜偏知能快醉，东山飞月照离人。

游沈园

柳色毵毵尚吐绵，钗头遗恨已千年。
多情惟有春波在，摇出乌篷二月天。

游阳明山

登临三界出浮云，直上阳明紫气熏。
山变驼峰迤更衍，水成燕尾合还分。
人间旧业衣冠尽，天下苍生涕泪纷。
金粉枭雄民国梦，自来台北更不闻。

◎ 陈国霞

过黔南苗岭

拔地千寻剑欲飞，六盘山路入云霓。
采茶娘子一声唱，活了三潭十二溪。

惜　春

春来春去太匆匆，褪尽桃红褪杏红。
一架荼蘼挂残雪，依依不肯别东风。

次韵题恽南田《折枝碧桃图》

瘦尽梅花春未迟，浅红淡绿着新枝。
偏心谁似东风甚？只向城南庄里吹。

◎ 陈　江

驾　哥

二十三年老驾哥，每因超速扣分多。
梦把油门踩到底，腾身一跃过黄河。

◎ 陈　兴

瓷　乡

新正晴日到陈炉，陶罐镶墙古镇图。
一塔孤高窑洞在，千家仍是旧民居。

读霍金《时间简史》

银河两岸不逢春，黑洞如云涵万辰。
果是时光可穿越，如今当遇未来人。

回国一周年志感

行李墙边有数箱，半留半弃费思量。
十年岁月能收拾，一片心情不可装。

彩　虹

谁正彩虹桥上行，地球连到哪颗星？
须臾七色云间没，远近人间说晚晴。

中秋雨后与诸君游岚山溪谷登大平山

山路秋来多板栗，溪流远处有人家。
沾泥草里蘑菇伞，带雨林间彼岸花。

◎ 陈　哲

赣　酒

老窖封藏赣水春，醇香沁肺十年陈。
一坛才启须臾尽，何待殷勤苦劝人？

◎ 方梦凌

大　雨

炸雷成串掩车声，大雨如飞扑荔城。
晴变深悲弹地水，两难苍昊与沧溟。

同学聚会

鬓点秋霜半世灰，重逢疑似不知谁。
梦中定格芳华旧，犹是青春靓丽时！

◎ 郭顺敏

月下吟寄

读武昌医院院长刘智明烈士与妻子微信绝笔

欠到凄凉一字陪，天堂无疫也伤悲。
死生契阔先撒手，恨不相拥千百回。

挖山野菜

一干人马近山围，草色分晴野鸟飞。
小小婆丁芽泛紫，柔柔齿苋叶含晖。
漫寻生意衔晨露，欲把春盘试酒杯。
却是黄花开口笑，插成天趣满头归。

柳梢青

高密红高粱影视基地

十里青纱，牛头老寨，趣也无涯。雨后泥香，坡前驴小，人面桃花。　新词醉趁闲暇，九儿酒、微醺许他。窈眇千般，玲珑一阕，出落谁家？

◎ 韩倚云

机器人远程触觉识别系统攻关

相思意可任通行，数码传输到远程。
千里颜容知冷暖，即时画面感阴晴。

任它世道明和暗，何惧形骸死与生。
提取灵魂情永驻，清纯如水续前盟。

鹧鸪天

庚子春词

只为三春久未逢，视频传遍旧颜容。月因瘟疫环球缺，花在深宵寂寞红。　离合事，古今同。灵犀长有自然通。江山可变情难变，恰似星辰耀夜空。

◎和　韵

嫦娥四号

月殿殷勤送客舟，霓裳舞曳桂华流。
波横玉兔红双眼，何日乡亲来更游？

◎何　智

清平乐

矿山农民工

盔灯闪亮，出了深深巷。洗肺清风秋正爽，刚过俺家垄上。　小儿揭瓦谁抽？大田稻熟谁收？老父年来病喘，料应倚杖村头。

◎胡迎建

游夔门

大巴山锁四川盆，峡泻飞流障有门。
赤甲巍雄横岭脊，白盐冲刷浸岩根。
久无两岸猿啼泪，未见一江浪急奔。
高坝而今容众水，舟船过此莫惊魂。

登白帝庙

吴蜀隙争疑，出兵大势危。
可怜兴复梦，都付烈烧悲。
浑噩孤难托，昏沉病不支。
奈何频失策，枉费孔明棋。

中秋夜望月

出门仰望玉盘移，遍洒清光慰别离。
神秘面纱全揭露，冰寒坑窟莫猜疑。
不妨妙境滋情永，早有飞船载客窥。
多少星球如芥末，无边宇宙更探奇。

◎李荣聪

听　鸟

夜压弹簧久，晨启机关开。
一串接一串，珠玑溅满怀。

看栽秧

春田耙得镜般平，细雨斜飞鹤翼轻。
人着蓑衣如大鸟，水天啄出绿星星。

蒿坝映像

公路似藤村似瓜，陂田叠叠顺山爬。
一屏锦绣立当面，两岸人家互看花。

捕　蝉

仰脸丫丫霞染腮，悄声指点豁牙开。
攀枝童子轻如豹，抓住蝉声跳下来。

◎ 马斗全

长安对月

怀古谈诗兴味长，曲江池畔晚风凉。
举头每羡云边月，曾此分明见盛唐。

与胜保兄通话忆及诗庄闲住日

林泉乐事有谁知，饱看青山闲酿诗。
最是教人心醉处，松窗夜半月来时。

赴京飞机上作

遮眼都无远近山，更从云上看尘寰。
因知自古龙争地，只在仙人笑顾间。

过太行

凭窗忽见数峰青，道是飙轮近井陉。
却恨火车非我有，山逢佳处不能停。

补题胡迎建为画竹

风来满室尽清寒，宛若池边雨后看。
随手成来惜梢短，不堪持去作渔竿。

◎ 彭　莫

白　领

都市汇精英，车房贷未清。
企宣修百遍，发量剩三成。
老板斥犹笑，中年裁最惊。
加班何惧晚，归有一窗灯。

偶过前单位

风染黄昏雨染城，涟漪处处伞如萍。
车窗忽泛故楼影，路与时光俱未停。

不　寄

翻历年将近，听歌夜未阑。
天涯今又雪，一朵印窗寒。

立　春

欲去还留寒冬，似近忽远春风。
今夜故园窗外，雪人笑脸微融。

赠阮藏山

从前山里有寺，寺角有树桃花。
桃花自开自落，落作万里烟霞。

◎ 星　汉

2019年元旦作

嗟卑叹老可休休，我与时光竞自由。
春夏秋冬身外去，东西南北眼中收。
诗心遍种无忧树，梦境难停不系舟。
只是寻常一天过，莫言年尾及年头。

戊戌除夕将近年所积书法悉数焚之

自笑成名梦未圆，何如解缚任飞旋。
吾家羲献临摹久，当代妍媸品味全。

手撒白宣增火势，心随墨迹入冰天。
雪丝不是羊毫笔，别样情怀送旧年。

行香子

游瞻园

细读朱明，漫步前清。似遗留、天国花腥。纷争赤县，谁问苍生？是功臣府，藩台署，反王庭。　　雄师百万，换了金陵。幸而今、四海承平。红男绿女，燕语莺声。只相机闪，耳机挂，手机鸣。

行香子

己亥上元秦淮河观灯

岁首温情，挂在春灯。向通衢、点亮前程。六朝文脉，百姓心声。看老人乐，恋人醉，丽人行。　　千层细浪，十里清听。立船头、画幅相迎。收存五彩，留住三更。正夜生风，风吹水，水流星。

中国科举博物馆参观后遐想

今朝倘作大清民，应是劳劳满垢尘。
未死必然经世乱，有生岂敢怨家贫？
一壶白酒哥儿好，半夜青灯句子新。
黄榜无名吾不恨，孙山前有几诗人？

登建康赏心亭怀苏辛

今朝快意问何如，步武前贤奋一呼。
岁月送君回两宋，山河许我到三吴。
风来钟阜新诗句，日落秦淮古画图。
四面春光醉人久，下楼须有彩云扶。

雨中谒中山陵感赋

陵堂三谒不嫌多，健步都经日月磨。
十里云松齐献舞，一江雪浪远传歌。
南冥鹏翼遮门户，北斗天风破网罗。
宝岛来年归大统，再呼春雨醉颜酡。

进疆六十周年作

卡车戈壁走茫茫，西去童年载梦香。
芨芨草高风正烈，星星峡窄日犹凉。
打磨岁月成诗料，搅拌云霞补智商。
背倚天山心未老，人生何处不家乡？

元土城遗址公园即事

残阳去后暗愁生，怕说明晨出北京。
总见眼波翻柳浪，细听心语送莺声。
大元朝剩一抔土，小夜曲留千古情。
指点银河鹊桥上，双星却比路灯明。

白居易故里

我叩门墙溱洧旁，大诗人出小村庄。
鸡声留客连呼伴，麦浪扇风正灌浆。
四海心胸藏百姓，一生文字壮三唐。
当年挥手河边树，从此吟魂绕故乡。

◎ 杨逸明

小园偶记三绝句

其　一

浇水施肥仔细栽，盆中不见有花开。
偏偏我未关心处，长出青青小草来。

其　二

几丝青草几黄花，一角闲庭石吐芽。
凝视墙阴不平静，蚓耕泥土蚁搬家。

访福州林则徐故居

散去硝烟炮已寒，古榕庭院久盘桓。
少年曾识钦差吏，声貌神情是赵丹。

中秋口占

夕升晨落寂无声，万众抬头望月明。
圆缺年年极单调，被人看出许多情。

咏桂花

平民欢喜醉人香，为盼花期等到凉。
大紫大红非所愿，开成小米一般黄。

题冬日小花照片

紫万红千已绝踪，寒潮渐涨到心胸。
小园堪喜藏春色，一朵鲜花暖了冬。

咏白玉兰

造化无须用手雕，蓝天下满白琼瑶。
遥看朵朵形如炬，欲借东风试一烧。

咏丹顶鹤

有时阔步有时翔，白氅红冠气自昂。
我最羡它能独立，无须倚柱与骑墙。

六一节

老夫今日忆童年，不看林花不看天。
小院来寻墙角落，关心蚂蚁又搬迁。

春　行

自然心事有谁知？一路春行细听时。
录得山泉山鸟语，转来由我译成诗。

天文台看星空

以管窥天未有涯，是谁棋布美无瑕？
乾坤也有公交网，一个行星一辆车。

赞上党碧松烟墨

笔蘸松烟写几行，吟笺汉字顿生光。
怕人来读琳琅句，不嗅诗香嗅墨香。

◎ 余青海

武汉樱花节

江城二月疠成灾，草木风声鹤唳哀。
樱舞珞珈山上雪，为谁零落为谁开？

杨　花

姚黄魏紫斗芳菲，草长江堤着绿衣。
无计为春添色彩，翩跹且作满天飞。

清明节祭扫母亲坟墓

音容梦里宛如真，还似儿时教作人。
风雨清明魂欲断，那堪鵾鸠泣残春。

欣闻小城援鄂医护人员无恙归来

锣鼓声中天使归，曾经危难逆风飞。
此生未作英雄想，我只寻常一白衣。

谷雨后四日

谷雨芳菲意若眠，蒙蒙飞絮似轻烟。
游人还在春光里，日历分明四月天。

◎ 曾玄伟

芷　江

黔楚咽喉鹰战场，一鹃啼断九回肠。
受降坊下流连客，几辈哀余鉴未忘？

湖心亭品茗

亭在湖心客在楼，软红尘里得清幽。
风荷擎盖婆娑舞，雨燕归巢轻俊留。
茶瀹乌龙品滋味，琴听绿绮助吟讴。
前人尽说梁园好，名苑而今遍九州。

浣溪沙

童　年

记得村头采野花，采来双手赠丫丫。未开情窦也萌芽。　　妹后郎前追竹马，涧腰溪尾捉泥蛙。恨他冈上日西斜。

相见欢

越秀山垣老榕

新芽绿嵌墙中，与苔同。他伏城垣我自向天冲。　　根成网，冠成幢，竞葱茏。风雨不摧倔强一青榕。

◎ 张心忻

鹧鸪天

茶

守得寒山月一轮，只凭云雾长精神。新芽带露生将别，老叶经霜死亦存。　　从苦涩，到甘醇，人生滋味雨前春。不争红绿青黄黑，杯水能舒蜷曲身。

浣溪沙

银　杏

草木如人也惜时，春来翡翠试新衣。黄金作色壮秋枝。　　风雨苦心存实在，公孙雅目岂虚吹？不争桃李自成蹊。

偶　感

浮生已定老平凡，闲事谁听乳燕喃？
两鬓斑同潘氏岳，四弦悲异阮家咸。
峰回路转云生树，水急船飞浪蚀岩。
一例古今恩怨了，冥钞寒食见乌衔。

◎ **张智深**

野牡丹

红雨新妆照渌波，清风拂面影婆娑。
此生独爱苍山远，不问洛阳路几多。

李鸿章

兴工戡乱足风云，荣辱封棺未可论。
黄海无声吞万死，春帆有泪溅孤臣。
终蒙地厚重埋骨，何愧天倾一系身？
宝剑遗篇风义在，千秋雀噪不堪闻。

注：《马关条约》在日本春帆楼签署，李当时老泪纵横。李绝命诗名句有“秋风宝剑孤臣泪”。

登天平山楼

雕甍崒兀踞雄关，行遍江东剩此栏。
九派涛声云出海，三吴秋气雁横天。
飘蓬难断无根梦，倚杖艰登不惑年。
回首尘寰夕阳阔，人生难得是青山。

有感时事

寰球烽火尚迷离，经纬凋残忍觑棋。
伊美销兵欣有兆，以巴喋血苦无期。
一枝秋雨鹪鹩梦，百叶春心橄榄诗。
日毂艰难天道远，大同遥望竟何之？

送友转业还乡

长亭执手久沉吟，细柳同袍故意深。
马踏关河千里雪，月明乡国十年心。
秋因远别凉于昔，酒是初逢暖至今。
总道须眉应惜泪，归途长湿绿衣襟。

◎ **赵宝海**

新　芽

冰解东风后，桃花水气新。
嫩芽伸小手，拍绿柳边春。

蛙之戏

日落山林后，清波渐晦暝。
青蛙忽开口，叫亮满湖星。

柞　叶

静赏春山柞，虬枝向日挥。
蝶形新发叶，片片欲高飞。

品大山

陶然品大山，如醉陈年酒。
我在顶巅行，群峰随我走。

梦　春

寂寞危楼夜，星辰为友邻。
谁骑雪花鹤，探我梦中春？

◎ **钟振振**

侵　我

侵我肖像，纳彼祯福。
仿我超声，碎彼肾石。
烹我以鼎，快彼饕餮。

负我以镬，怒彼疠疫。

辜我何深，罪我何酷？

母也天只，予莫人毒！

芷江受降坊

死战拒降终受降，万民破涕酒空缸。

兽蹄恨不松江止，偌大牌坊竟芷江！

狼牙山五壮士

赚得群狼扑乱山，壮心元不侥生还。

能教五岳皆垂首，只在从容一跃间。

嫦娥四号登月三章

嫦娥篇

孤独婵娟寂寞秋，腊前不速客来游。

酒窝笑破天荒涕，好搭便车回地球。

吴刚篇

酒边星客说家常，绿色和平有宪章。

板斧元来使不得，小哥快递赠红娘。

注：《诗·豳风·伐柯》：“伐柯如何？匪斧不克。取妻如何？匪媒不得。”

玉兔篇

久有迷离期扑朔，断无缱绻到荒凉。

通红两眼汪汪泪，今日他乡见老乡。

注：《木兰辞》：“雄兔脚扑朔，雌兔眼迷离。”

题莫高窟第二百五十七窟壁画《鹿王本生图》

敦煌佛影窟难留，旷古中原逐不休。

却驭天风海雨去，最南山上一回头。

注：海南三亚南端有山峰曰鹿回头，峰顶且树有同名石雕。

◎ 周啸天

再依东遨集唐韵贺道平兄退休

为政复何有？归乡身幸全。

从兹适乐土，可以报皇天。

大辩良难仰，轻舟容易前。

芳辰追逸趣，缩地走山川。

注：依次集自萧颖士《重阳日陪元鲁山德秀登北城瞩对新霁因以赠别》，卢纶《从军行》，薛据《题鹤林寺》，杜甫《有感五首》，李世民《咏司马彪续汉志》，宋之问《下桂江龙目滩》，李世民《帝京篇》，韦渠牟《步虚词》。

马渡关李家院听歌

斯人惯作溜溜调，故里犹开淡淡花。

风物偏于雨霁好，江山直待赋诗夸。

老公绝唱《八台雪》，幺妹甘分《六口茶》。

歌到面红心跳处，素娥却被暮云遮。

注：宣汉马渡关李依若，相传为《康定情歌》歌词原作者。《八台雪歌》，滕伟明作。《六口茶》为土家族民歌。

输　液

小车磊落百瓶堆，巷道连床数往回。
自坏长城非好汉，人逢大病是怂材。
秋虫偷向草间活，春色复从天上来。
天使白衣移款款，第分甘露滴涓埃。

大划石

大划名传石不留，夸娥负去几千秋。
昨夜麻姑贴耳语，曾窥风动小瀛洲。

注：大划石，崇州地名。相传石为仙人点化，今不存。名山多有飞来石，或称风动石。

读陆游《示儿》

提笔作诗投笔终，惟悲不见九州同。
语竟殊无卖履意，曹瞒到此不英雄。

行香子

八台山日出

巴山绵亘，八叠为峰。几千转、跃上葱茏。气违寒暑，服易秋冬。竟霎时雾，霎时雨，霎时风。　　雀呼起早，目极川东。浑疑是、开物天工。阴阳一线，炉水通红。看欲流钢，欲流铁，欲流铜。

注：贾谊《鹏鸟赋》：“天地为炉兮，造化为工；阴阳为炭兮，万物为铜。”

凤凰台上忆吹箫

咏珍珠滩瀑布

光生碧海，色幻瑶池，算来此水仙居。想清凉无汗，玉骨冰肤。一袭香丝撒地，簪不得、欲倩人梳。晴犹雨，恍闻天语，上善无鱼。　　怡愉。这回去也，倚马可千言，率尔操觚。似泉流万斛，文出三苏。记取惊湍直下，如乱溅、乐府群珠。乘清景，作诗火急，逸失难摹。

鹊桥仙

3D打印

乘风奔雾，西天直上，俩美猴王撞脸。黑松林路狭相逢，抡板斧、这厮大胆。　　高斋荣宝，老人白石，真迹几回难辨。东坡再造一朝云，效比目、相看不厌。

合璧联珍

周文彰诗咏古镇诗词作品选

周文彰，中华诗词学会会长，中央党校（国家行政学院）教授、博士生导师。出版诗集《周文彰诗词选》《诗韵校园——国家行政学院校园诗》《感恩第二故乡——周文彰海南诗书作品集》《诗咏运河》。

周庄古镇（江苏苏州）

溪流画井橹船忙，满目明清本色香。
河面双桥人鼎沸，厅前独轿物萧凉。
万山任性离园去，亚子移情命笔狂。
成败古今多少事，但留感叹济沧桑。

周庄古镇在江苏省苏州昆山市，是名副其实的江南水乡，小河呈“井”字型在庄子里纵横交错，游客们坐着清一色的小船，在河心穿梭来往。双桥，由石拱桥和石梁桥组成，始建于明朝万历年间，桥面一横一斜，桥孔一方一圆，造型别致，是周庄的标志性建筑。上世纪20年代初，柳亚子、陈去病等人四次在周庄迷楼饮酒赋诗，后以《迷楼集》流传于世。

锦溪古镇（江苏苏州）

莲池倒映柳枝条，湖荡金波野鸟飘。

小巷星罗博物馆，河滩密布古砖窑。

廊桥四季遮阴雨，水冢千年涌爱潮。

十眼蛟龙呼玉帝？悠扬宣卷报灵霄。

锦溪古镇位于苏州昆山市，成名已有两千多年。古镇原有一溪，晨霞夕辉，尽洒江面，满溪跃金，灿烂若锦带，因此得名锦溪。南宋建都临安时，宋孝宗的宠妃陈妃偏爱锦溪山水，死后水葬于此，锦溪便改名陈墓八百余年，直到1993年才恢复"锦溪"名。锦溪湖荡密布，四面环水，历来有"金波玉浪"之称，如今仍然一派如诗如画的水乡风貌。若隐若现的陈妃水冢，风铃悦耳的文昌古阁，蛟龙卧波的十眼长桥，精彩纷呈的各类民间博物馆，全国首创的古砖瓦博物馆，以及"三十六座桥，七十二只窑"的传说，令人流连忘返。

宣卷：意为宣讲宝卷，起源于唐宋时期的佛教活动，后来逐渐发展成为一种说唱形式，以江、浙、沪一带最为盛行。锦溪宣卷被列入江苏省第一批非物质文化遗产名录扩展项目。

千灯古镇（江苏苏州）

秦峰宝塔耸云天，石板明街罩雨烟。

千盏油灯迎旭日，三株老树共婵娟。

文思立世崇炎武，戏曲开篇敬顾坚。

玉佛通灵延福祉，还凭自立绘方圆。

江苏苏州昆山千灯镇已有两千五百多年的历史。主题灯展汇集了从新石器时代到今天的上千盏油灯。明代杰出思想家、文学家顾炎武，是千灯人；昆曲，作为中国戏曲的共同源头，是六百多年前由顾坚在千灯开创的。古刹延福寺三十二吨重的卧佛由整块缅甸玉雕琢而成，载入吉尼斯世界纪录，给这个古镇增添了新的魅力。

巴城古镇（江苏苏州）

巴城闸蟹冠阳澄，勇士尝虫美食兴。

翰墨香熏才俊出，巡天俯瞰幼时朋。

巴城镇，隶属于苏州昆山市，位于风景秀丽的阳澄湖畔，已有两千五百年建置历史。享誉全国的阳澄湖大闸蟹，巴城为最。传说第一个吃螃蟹的人叫巴解，正是这位勇士的敢作敢为，才使得横行怪异的“夹人虫”成为人间美食。

昆曲，作为人类艺术的一枝奇葩，产生于以江苏昆山为中心的娄江流域，而巴城镇是昆曲的最早发源地。巴城镇人酷爱书法，民间高手众多，这首诗就是在参加该镇笔会时构思的。

神州六号航天员费俊龙是巴城镇人，从小在阳澄湖畔长大。他遨游太空，使这座古镇更加名扬四海。

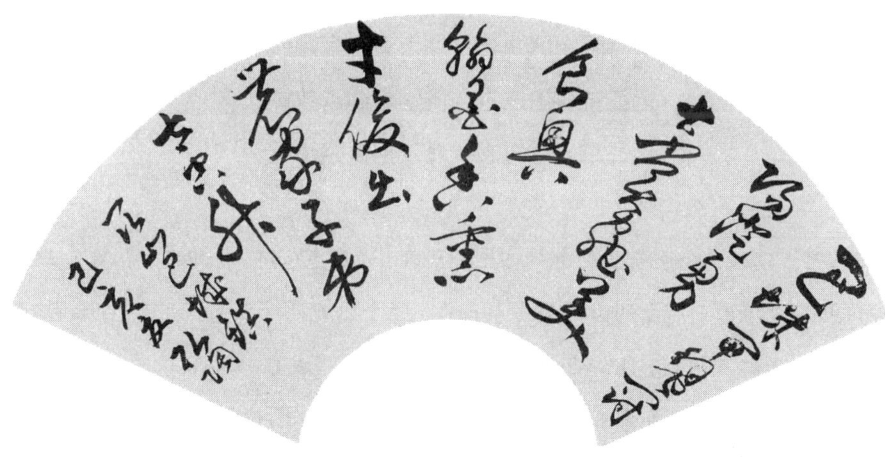

乌镇古镇（浙江嘉兴）

金秋游古镇，极目览珍奇。

岁月涂香榭，时光粉故祠。

河心船竞走，水畔鲤争嬉。

瞻仰高风府，方知我是谁。

乌镇，地处浙江省嘉兴桐乡市，已有两千多年的历史，至今仍完整地保存着晚清和民国时期水乡古镇的风貌和格局。尽管水阁、桥梁、廊坊、骑楼、石板路、木雕和石雕打上了岁月的烙印，但仍能看出当年构思巧妙，工艺精湛。泛舟河上，微风吹拂，河中红鲤争相嬉戏，让人感到无限生机。乌镇有许多高人，文学巨匠茅盾、著名作家孔另境、中共首任女保卫部长王会悟……让人敬佩不已。

三河古镇（安徽合肥）

千年古镇傍巢湖，隔世情缘恍若无。

望月阁中牌匾老，独人巷里素娥孤。

远征骁将房三进，博学雄儒杏数株。

若得拿云鸿鹄志，登攀何惧路崎岖。

三河古镇位于合肥市区南部约四十公里处，因有丰乐河、杭埠河、小南河三河流经而得名。古镇由三河上的古码头发展而成，距今已有两千五百多年历史，春秋时名鹊岸，明代始称三河镇，1858年太平天国陈玉成、李秀成在此大败清军，称“三河大捷”。古镇的老街上铺着青石板，被千百年来的人行车压打磨得极为光滑，两侧的徽派建筑别具一格，马头墙上挑出的飞檐上翘。抗日名将孙立人故居、诺贝尔物理学奖得主杨振宁旧居，就座落于此。孙立人曾远征缅甸作战，战功赫赫，被称为“东方隆美尔”。杨振宁为避日军曾客居此处。

河口古镇（甘肃兰州）

钟鸣鼓响聚仙家，丝路关衙备马茶。

驿站情深留远客，三河一聚小天涯。

河口古镇，隶属于兰州市西固区。河口即三河口，为黄河、庄浪河、湟水河三条河的交汇口，三河在此并为一河——黄河。河口村古称庄河堡，千百年来都是兰州的水路咽喉之地，也是古丝绸之路上的物资集散中心。时代的变迁，交通工具的多样化、快捷化，使河口古渡失去了优势，逐渐没落，繁华不再。眼下的古镇基本属于重建。

关衙：指海关，为当年甘肃境内的首家海关。

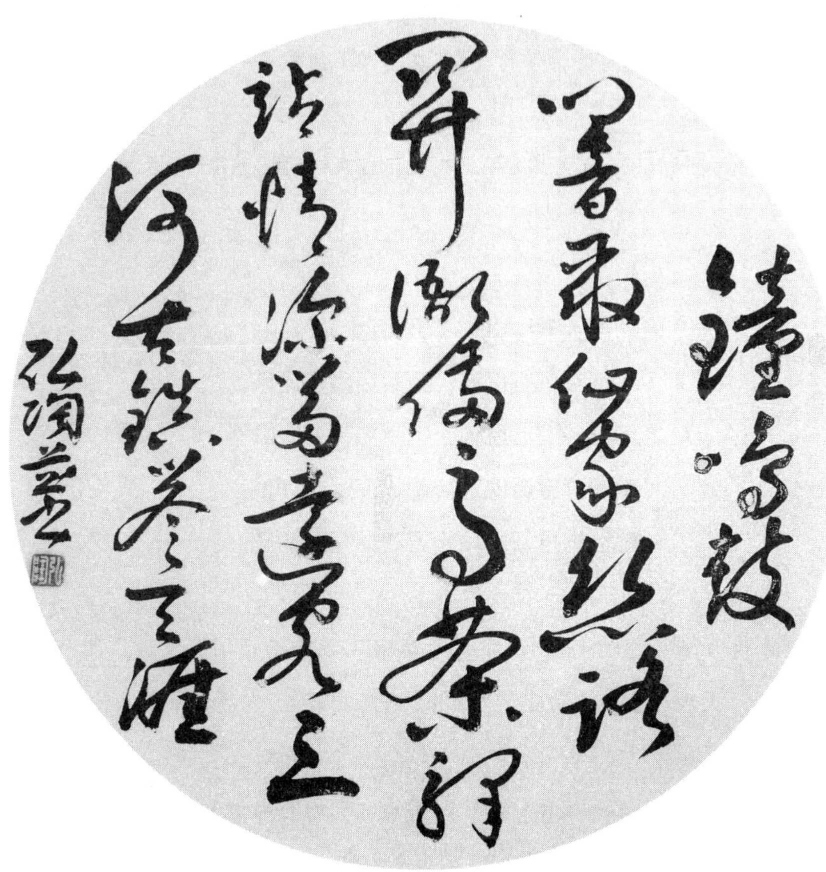

安仁小镇（四川大邑）

洋楼款款秀军僚，民国风情遍路桥。
花伞争辉皆锦绣，旗袍斗艳尽妖娆。
铁雕泥塑千秋训，公馆庄园一代枭。
欲问心潮何以涌，英魂阵阵壮云霄。

四川大邑县安仁镇，现存建筑多建于清末民初时期，尤以民国年间刘湘、刘文辉等刘氏家族的公馆最多。当时的刘氏家族枭雄辈出，军长、师长、旅长，还有四川省主席和战区司令长官，县团级以上军政官员近五十人，素有“三军九旅十八团，营长连长数不完”的说法。这些公馆典雅大方、中西合璧，成为“川西建筑文化精品”。安仁镇现存文物的价值和规模、拥有博物馆的数量，在全国小镇首屈一指，被授予“中国博物馆小镇”称号。

中国壮士群雕广场，矗立着二百一十六位抗日名将的铁雕像，令人震撼。

大理古城（云南大理）

古国都城五百年，拥兵自傲宋唐前。
西云书院书香久，文献名邦名气鲜。
南近承恩街似锦，北临安远妹如仙。
痴迷雪月苍山岭，更恋风花洱海舷。

唐宋时期，云南大理先后出现隶属于唐宋王朝的南诏国和大理国两个地方政权。在元代前，大理一直是云南政治、经济、文化的中心。大理历史悠久，素有“文献名邦”的美名。

承恩：大理南城门名；安远：北城门名。大理的苍山如屏，洱海如镜，蝴蝶泉深幽，兼有“风、花、雪、月”四大奇景（下关风、上关花、苍山雪、洱海月）。

下司古镇（贵州黔东南）

清江古镇水长流，翘角房檐木板楼。
惜字民风凝石塔，接官礼节见亭舟。
莲心桥上听钟鼓，会馆堂前品戏喉。
渡口台阶多过客，状元脚印驻千秋。

下司古镇是贵州黔东南苗族侗族自治州麻江县与凯里市襟水相邻的一个乡镇。嘉庆十三年（1808），下司被辟为商埠，到民国时期发展为闹市，有水陆码头，是黔东南重要物资集散地。当时镇上商贾云集，马帮成群结队，商号、货栈、会馆、餐馆遍布街巷，彻夜营业，被誉为“小上海”。现在两岸大街还保留着清乾隆四十四年（1779）修建的条石铺砌成扇形的三十多米的石级大码头和小码头，以及禹王宫、观音阁等，此外还有古殿宇、古巷道遗址。据说，夏同龢当年就是从这里的码头走出去的，他考中状元，并且成为中国第一个以状元身份留学的人，到日本攻读工业和经济，学成后回国。

海外诗鸿

全球汉诗总会

◎ 吴瑾（法国）

旅　况

半生碌碌减朱颜，萧瑟秋风旦夕间。
一领青衫余落拓，廿年苦旅恼夷蛮。
岂惟短鬓成衰老，况乃浮名付等闲。
故里风光何所胜，忆中百丈水潺潺。

注：百丈，吾邑名胜“百丈漈瀑布”为华夏第一高瀑。

春　草

日暖清和绿更匀，离离古道总如茵。
却怜歧路悲游子，漫对东风识故人。
原上依然能映月，天涯何处可藏春。
雪霜披尽根犹在，正是尘缘未了因。

秋　柳

冷翠暗长亭，秋风正晚冥。
瘦因相思苦，柔亦自垂青。
枝老蝉空咽，愁多酒未醒。
霜清云树里，玄鹤下寒汀。

失题二首

其　一

故园东望乱云迷，雾色苍茫掩月低。
思绪万千难寂静，聊将剩墨泼新题。

其　二

又到寒冬细雨时，异乡漂泊欲何之。
寻常街巷行人少，节近商家有怨词。

◎ 吴志平（法国）

过宁波雪窦山妙高台

消闲寻迹恰春风，许是心怡客旅同。
曲径层层幽及顶，香樟郁郁翠成丛。
仓皇下野三轮促，微妙高台几度空。
往事依稀残梦在，搜来百姓笑谈中。

过宁波千丈岩

徒步攀临雪窦山，春风约我解愁颜。
高悬绝壁千岩谷，直下飞流万峡关。
极目沉思搜丽景，倚亭无语叹时艰。
茫茫叠翠多歧路，尝尽平生几道弯。

溪口蒋氏故居

庭院深深记富昌，如今绮阁过旅光。
回廊雕饰精工美，正壁悬安报本堂。
古树香樟含嫩绿，阶檐苔厚迹痕沧。
剡溪潋滟春风里，堤岸逶迤护镇墙。

◎ 依莲（法国）

天仙子

莺啼流啭原野静，酥雨苔痕栖那岭。竹风传信闹春忙，清涧满，蜂蝶影。草色初新换旧景。　　巧笑倩兮明眸冷，北雁南归弦上骋。料峭春寒独自捱。人犹在，时不永。堪忘当年花下囧。

喝火令

庚子风云，新冠肺炎病毒肆虐有感

江北疫情闹，浙南车马驰，几多家庭面分离。堪那九省通衢，不复繁华机。彼岸观黄鹤，封琴为子期。　　高山流水奏传奇。祈盼风消，祈盼雪初霁，祈盼离人归处，笑语樱芳时。

吴仁仁（英国）

苏州古城

水巷流川泊客船，红栏三百小桥边。
寒山寺远钟声渺，拙政园临曲径连。
玉女娇妍多国色，男儿俊秀出才贤。
擎天双塔如双笔，砚是太湖穹作笺。

望海潮

秋　思

初凝寒露，频传秋讯，西风激荡枝摇。丹桂沐辉，疏林点染，岭头景色娇娆。任乱叶狂飙，树立身尚挺，听籁萧萧。时序翩翻，渐教芳卉着霜凋。　　嫦娥月阙逍遥，应吴刚事酒，弄瑟吹箫。玉兔满圆，重温旧梦，神游直上云霄。一觉别天桥，雾湿楼台冻，云散烟消。独倚寒窗，到平明月暗星寥。

◎ 何芳（澳大利亚）

行香子

澳洲十年

看惯人间，灯火阑珊。道今生，月为谁圆？待寻来处，许爱随缘。任暗香动，流星过，内心安。　　回眸一笑，往事嫣然。借东风，描个斑斓。相忘物我，淡了悲欢。且伴秋菊，赏秋月，共秋蝉。

临江仙

记国庆与夫君出游

昨夜西风催菊发，焕然雨瘦花黄。秋声秋色益秋光。晓寒连双袖，旧韵暗盈香。　　相伴斜阳舒块垒，岁华还许端详。白驹轻掠鬓边霜，梦阑频踏破，剩爱记痴狂。

临江仙

坐看流年如逝水

坐看流年如逝水，斜阳浪里舟轻。一襟风雨任平生。星霜生两鬓，回首辨曾经。　　待遣樽前甘苦事，却嫌冷暖无凭。分梳况味会豪情。剩将千万语，说与满天星。

◎ 胡昂皇（澳大利亚）

访　菊

日出霜消欲一游，水边花圃最堪留。
蝶知寿客追香影，蜂过蕃篱采仲秋。
玉蕊金丝痴客醉，长空离雁渡云悠。
凝神未忘前尘事，还采几枝藏枕头。

种　菊

殷勤玉手送苗来，培土添情篱畔栽。
雨润秋心满畦绿，花通人意一朝开。
怜香最喜丝盈蕊，赋韵还需酒半杯。
日取清泉细浇灌，好将倩影隔尘埃。

对　菊

玉蕊青枝值万金，娉婷莫道不情深。
驱开蜂蝶幽幽赏，移上窗台淡淡吟。
傲骨从来多瘦影，寒香自古有知音。
虔诚合掌君休负，但惜今宵寸寸阴。

簪　菊

红袖拈花为底忙？镜中扶鬓笑新妆。
读诗偷得樊川韵，饮酒醉成彭泽狂。
金蕊满头招冷蝶，银丝一缕见秋霜。
何言日短香渐少？行乐应于寿客旁。

◎ 海林娜·陈（澳大利亚）

行香子

春情缱绻

墨染书香，霞进闺房。煮咖啡、馥郁心尝。杏花落下，满径红装。画眼儿媚，腮儿粉，眉儿长。　　旗袍纸伞，梦里西厢。帘轻卷、小巷青墙。旧情缱绻，回忆深藏。爱夕阳美，月光淡，露珠凉。

宴山亭

思　念

霞媚桃花，春嫩柳芽，曲水亭旁风暖。垂钓小溪，画意诗情，怎不叫人留恋。馥郁轻飘，竹摇影、斜阳湖畔。思念，几度意中情，让卿心乱。　　来去相会匆匆，举觞共良辰，爱如初见。声声细语，缕缕柔情，心香有如花绽。滴泪芳魂，孤独夜、把君呼唤。希盼，牵我手、重书浪漫。

水调歌头

新知旧雨

潇洒碧湖水，枫赤胜春姿。桂香缓奏秋歌，浓雾锁晨曦。梳剪花枝篱下，遍数丛中绿萼，绕树鸟欢啼。芳景美如画，低首嗅玫瑰。　　念新知，忆旧雨，最心仪。锦书佳句，未曾谋面使人痴。挥翰风流纸上，拨曲缠绵月下，倾慕惹相思。有你春难老，如日驻心扉。

解佩令

花间同醉

熏风送媚，婆娑舞翠。卷珠帘、欣闻香气。并蒂莲开，执汝手、花间同醉。赋新词、几多韵味。　　灯笼映水，深宵不寐。望婵娟、嫦娥无睡。不舍难分，恨别离、眸盈清泪。影相随、话音娓娓。

夜飞鹊

人生愿只如初见

青桥遇君处，香梦绵绵。垂柳钓碧河湾。霏霏露水滴花瓣，醉闻红粉馨莲。君仍爱卿否？汝心难知晓，我的蓝颜。彤霞旖旎，夏风柔、欲把魂牵。　　芳沁小楼窗北，诗意染书房，幽享清欢。孤影徘徊篱后，酥心软语，忧记依然。旧情未了，对红筝、绕指琴弦。望飞鸿相约，江南巷陌，曲水云间。

雪梅香

落花声里把词填

小楼外，秋风又起雨如烟。锁门窗朱户，帘栊坠下初寒。烹茗香中把歌唱，落花声里把词填。抒胸臆，苦辣酸甜，词里行间。　　幽兰，静而雅，袅娜娉婷，惹我亲怜。旧事蓬莱，至今刻在心田。摇橹河中共潇洒，采花馨里共幽欢。琵琶响，彩蝶寻芳，流水潺潺。

◎ 滕晓熠（澳大利亚）

苔

湿地长青细密生，专寻暗处自经营。
小溪水里观天变，顽石堆中避日明。
不羡牡丹招墨客，静听百鸟吐心声。
缺根有藓无资本，却助袁枚出了名。

幽　居

禁足居家何事干，慢将絮语集毫端。
砚田理去常添趣，世味尝来总泛酸。

莫道人间三界暖，隔离时下九天寒。
倚窗伏案斜阳照，方寸心涵万里宽。

夏　日

入眸雪白是槐花，麦穗金黄焕彩霞。
紫燕低吟穿绿柳，清溪浅唱漫银沙。
欲寻蝶影情难抑，忆起檀郎梦却斜。
来到当年携手处，已然不复旧芳华。

◎ 王香谷（澳大利亚）

古镇安丰

青石铺街七里长，明清古宅聚盐商。
东淘揽胜三秋月，海堰寻踪九坝场。
厚学淳风千载秀，小桥深巷百花香。
布衣诗圣吴嘉纪，陋室珠玑耀八荒。

迎春花

夜雨潇潇化雪迟，诸英未醒乍寒时。
黄鹂紫燕寻芳草，翠蔓清馨展美姿。
不是和风吹茉莉，亦非飞蝶落荼蘼。
牡丹莫道花中首，欲说探春我早知。

昙开三度邀友同赏

雨霁暑消秋露夜，昙花三度展英姿。
同吟待月凌霄外，共忆抱团交岁时。
一现为君心可鉴，再逢怜我客难期。
唯留香馥盈红袖，人在天涯慰暮思。

◎ 毛毛（澳大利亚）

汉宫春

花开四季芳菲

袅袅婷婷，伴弯弯垂柳，莲步河堤。琉璃水面，云朵倒影霞栖。花开馥郁，色斑斓、遗世琼姿。船划过、歌声娟秀，优柔玉笛横吹。　　我愿携君之手，赋香词靓曲，咏颂相知。词中美人楚楚，才子心仪。情衷共诉，洒风流、荣辱相依。欣慰是、人间总有，花开四季芳菲。

虞美人

借来春日共韶华

彤霞轻染娇腮美，小径熏风起。与君漫步至长廊，闻得玫瑰开蕊送芬芳。　　西厢缱绻温柔洒，情动深如海。借来春日共韶华，丝竹声声陶醉在天涯。

虞美人

百般留恋句中存

碧河清澈鱼儿戏，岸柳垂纤美。水波轻叠小船游，飘过笛声琴韵妙音柔。　　那年夏末同君遇，互把心言吐。至今难舍旧时恩，且把百般留恋句中存！

◎ 陈玉明（澳大利亚）

贺全球汉诗学术研讨会于悉尼召开

盼得雪梨春色美，八方好友驾云来。
诗坛教授抒心志，文苑精英比口才。
妙句醉人堪胜酒，新词怡性正投胎。
听涛放眼观沧海，踏浪高歌上月台。

踏莎行

游蓝山

万木峥嵘，三峰突兀。蓝山尽是消魂处。秋将红叶入诗心，飘飘洒满盘陀路。　　遍览烟岚，奇观晓雾。谁知岚气生桉树？妖娆山水色迷人，丹霞请我云崖住。

虞美人

梦游小孤山

孤山美景奇绝顶，雅致屋楼静。晓钟竹翠秀云松，月美柳青，迷雾雨山红。　　鹄鹰现岭丹霞俏，雁鹤出崖峭。壁空突兀影无踪，渺渺径通幽，境妙茏葱。

题悉尼大桥（回文七律）

高桥跨海近南天，绝妙歌场剧院前。
涛浪兴风和乐曲，宇楼傍水映廊檐。
悄悄静赏观佳景，澈澈清流汇美湾。
潮涨看霞金灿灿，飘飘彩色染云烟。

◎ 张昕（澳大利亚）

步韵唐寅《落花诗》三首

其　一

借来花海扮成春，歌在秋心亦乐贫。
耽隐世尘时抱憾，避喧天籁久怀仁。
曾空一梦栖冬鸟，拟共三眠伴月神。
回首千红无尽处，唏嘘谁是镜中人？

其　二

霜寒花老两悠悠，冬至南瀛镜海头。
一抹垂虹横宇阔，数声青雀绕阶流。
我犹醉酒悲秋尽，谁亦朝天对月钩？
书画无心添润色，添杯狂饮作吟愁。

其　三

玫瑰秋末立瓯臾，次第馨香渐杳无。
更合故人怜缺月，重来春夜唤新朱。
诗痴与酒惯游子，性僻为花作野夫。
长羡庭前蜂蝶梦，愿随芳迹共荣枯。

◎ 杨全魁（德国）

新年与友人鲁松莉萍芷瑜全家视频，其适在山东老家过年

邹鲁名儒盛，长存夫子风。
敬宗惟醴酒，识礼自髫童。
户映初春雪，寒添五寸绒。
情亲因候问，觌面视频同。

早　春

邹衍方吹律，人间尚早寒。
苞甦犹蜡点，霜解作珠团。

水涩游鱼懒，山空枯笔看。
故人自南国，锦簇报平安。

题云南个旧老阴山玻璃栈道

栈道依危壁，凌空出翅台。
虚无足底净，惊栗眼前开。
平探云山入，下窥肝胆摧。
时逢恐高者，颤捉护栏回。

◎ 林立（新加坡）

屈 指

屈指茫茫八九春，居然岛上作新民。
昔缘昔梦花开落，他岁他方月幻真。
久客渐随当地俗，乍归翻似异乡人。
相逢莫问终何所，只认尊前现在身。

月底修箫谱

先父手抄小提琴谱

余幼年于穗城习小提琴，时物资匮乏，坊间无从购买琴谱。先父借得若干，手自誊录，虽不谙音律，而字迹精细，绝无讹误。爰赋此阕，用抒《蓼莪》之感。

墨漓漓，笺褶褶，灯下几回展。缅想从前，誊写费心眼。残更点滴研磨，弦声寂寂，只络绎、谱符盈卷。　岁华短。一曲还拟重弹，好偿平生愿。清越谁听，人天隔何远？故山幽梦迷离，但聆松响，奏不尽、思怀千片。

注：先父灵龛设于香港大埔半春园。

鹧鸪天

读迦陵师同调词三首，感而有和

听彻秋声第几回。依然花事渺难期。风铃索索檐边语，尘梦蘧蘧枕上欹。　醒抑醉，是耶非。蹉跎成就百般疑。也知摇落应无数，流向天西却为谁？

◎ 林群玉(新加坡)

鱼 获

气爽风清海上游，夕阳金碧泛涛流。
多情白露牵云舞，一曲渔歌傍晚舟。
贪饵终焉身丧食，张罗岂尽笑开眸。
由人剖腹批鳞去，捧往筵前佐酒瓯。

狂风卷怒潮

一夜狂风卷怒潮，霎时雷雨不平嚣。
漫山遍野石流塌，举世滔滔震九霄。

浣溪沙

吟诵感咏

唱罢唐音几曲歌，又吟长恨汉宫娥。周郎座上掌声多。　萦断愁思心欲碎，残红飘落奈他何。谁能幸免事多磨？

鹧鸪天

姹紫嫣红不是花，硝烟烈火毁民家。腥红遍地肝肠染，断壁残垣夕照斜。　　生死别，唤儿娃。尘埃散漫葬黄沙。何时霸主休干戚，韶音声声到迩遐？

◎ **郑剑峰（新加坡）**

庚子鱼乐二十年

纸上缘鱼乐，游心笔意舒。
空灵依感应，墨韵化吾庐。

海涛墨话

宿墨昨沾襟，游心独自吟。
腾云升万丈，潜海入千寻。
画韵宣中湛，诗余笔下临。
虚怀图画事，问道悟禅音。

蓝宣画水母

旋旋蓝纸湛，白墨画团团。
导引朝阳气，浮游夜月观。
空灵随笔至，任意构图宽。
心寂无声息，平波起巨澜。

说墨鱼

玉质冰肌傲骨持，朦胧醉态喻花枝。
毫端化墨归迟缓，莫学鱿鱼纸上驰。

秋风雅集

西风骤雨已成秋，桂酒香醇醉意留。
古径崎岖幽草盛，长亭萧瑟笛声悠。
东篱菊笑陶翁赏，雅室莲居儒士游。
笔下浑然千句少，诗余墨韵百联猷。

◎ **高斌（新加坡）**

贺国大南金诗社成立

李杜风骚几度寻，南金域外谱南音。
诗成归咏兰台上，吟罢先贤亦醉心。

和林师《参观双林寺诗》作

古刹城中落，莲山别有天。
飞檐扬德化，静塔示宗传。
笔写世情对，僧回妙法联。
万般皆色相，缘到浑归禅。

国大中文馆阅善本古籍有感

流寓南洋学苑藏，遗珠卷卷属华章。
百年且驻朱红印，千镒难酬勤有堂。
昔日家存楼满溢，而今物在主俱亡。
喧嚣往事渺无迹，空得案头书墨香。

行香子

初到新洲

数点星洲，几叶扁舟。徜徉中、心绪难收。东君常驻，绿入层楼。见紫花娇，茶花媚，兰花羞。　　莺啼陌上，蝶戏枝头。翠陂上、鹦鸟悠游。葱葱古木，丹凤曾留。念近山秀，远山渺，故山幽。

浣溪沙

秋　思

雁过江南总带愁，星洲十月不知秋。此时明月共悠悠。　　社稷无言人尽向，书生有意泪空流。孤灯把盏亦怀忧。

全球汉诗总会深圳分会

◎ **陈章璇**

读史二首

其　一

掠地攻城奋克难，鲸吞六合路漫漫。
兵加大楚权臣蠹，血染长平战骨寒。
杀戮记功驱勇士，欺凌指鹿慑高官。
严刑峻法天人怨，史鉴昭昭务细看。

其　二

汉宫凄冷夕阳斜，朔漠烟深泪目遮。
意态由来难入画，容颜岂料可羞花。
辞亲去国从胡俗，化敌安边奏凤琶。
青冢千秋留绝色，情多骚客不须嗟。

伶仃洋畔感赋

夜雨伶仃涨半城，赤湾曩昔泪三更。
文山取义乌头白，烈士如归虎塞横。
开眼欲穿尘世界，濯缨怕对董狐檠。
沧桑百代凭栏意，都付波涛诉不平。

注：史称林则徐为睁眼看世界第一人。

深圳湾红树林

海市琼楼不足倾，何如绿色筑长城！
抚怀翠帐巢鸥鹤，挫断狂飙护柳营。
合浦龙腾珠欲吐，大湾潮共舸新征。
南陲尽是英雄树，莫以柔肠附令名。

◎ **陈作耕**

忆袁庚

今临蛇口欲高歌，感佩英雄故事多。
少小从戎平敌寇，暮年兴业起洪波。
惊天一炮声犹在，拔地千城功不磨。
铜像巍巍依碧海，青松作伴影婆娑。

◎ **黄重远**

立秋随感

转眼才熬暑，连天已立秋。
光阴惊似箭，飞叶落心头。

争秋夺暑

骄阳蒸大地，热气逼阳台。
世界风云变，西边骤雨来。
争秋天斗法，敲韵客无才。
徒有诗情在，难描哭笑孩。

◎ **马星辰**

疏　影

吉林雾凇（步姜夔原韵）

披银挂玉，似白衣少女，相约欢宿。长发飘萧，舞袂凌波，清标不逊霜竹。常移玉趾心何寄？却只恋、松江南北。更结成、万顷凇花，不再郁伊愁独。　　从未胭脂点染，素颜拼色彩，羞了红绿。雁落寒芦，雀爱冰枝，不妒区中金屋。高情只向同俦表，迸肺腑、任抒心曲。对晨昏、万种风情，尽展美图千幅。

夏　夜

暮雨初停星璨璨，凌波捉月碧连空。
一湖罗盖轻翻翠，几处冰姿巧弄红。
倦鸟归巢林寂静，雏蛙乍泳眼朦胧。
炎天幸有清凉夜，意得优游宿露中。

◎ 詹海林

九月五日回故里有怀

家园阔别数年长，归去正逢秋雨凉。
千里驰车须一日，半生摆渡在他乡。
椿萱埋骨青山下，松柏鸣涛老墓旁。
总有情怀消不得，蜩蝉笑我鬓苍苍。

扶胥古渡

悠悠碧水小舟闲，未见危樯墙万千。
古寺钟声惊众鸟，长堤树影响孤蝉。
亭能浴日诗人去，海不扬波帝子眠。
几度秋风吹落叶，何堪独醉夕阳边？

◎ 庄毅生

柳园至敦煌途中

不到河西旧走廊，更从何处品苍凉？
一川沙石红尘滚，万里风烟白草荒。
云缀空中难化雨，霾萦天际欲生霜。
柳园不见青红柳，过客无言话短长。

渔家傲

莫高窟

滚滚黄尘飞石起，苍凉几许春阳蔽。千佛《华严》崖谷里。无可比，拈花一笑知何意？　　失窃文遗伤痛史，残编自此空删刈。袖舞飞天花自闭。人洒泪，驼铃摇落萦天际。

◎ 周兴海

夏日万丰湿地公园

沿途杨柳不成行，各有浓阴护一方。
几处烟霞生锦绣，半湖莺燕乱丝簧。
登台起舞朝阳里，仗剑低腰浅水旁。
最爱风吹莲叶动，桥廊阵阵响清凉。

早　茶

壶中一见口繁荣，似有春声挟雨声。
七盏频添风两腋，欲同莺燕比身轻。

◎ 文丽光

巫山一段云

紫鹊界梯田

稻穗迎风展，林花带露红。纷飞麻雀绕溪丛。瑶山云雾浓。　　长石层层守护。堤坝环环相顾。湖光山色韵无穷。雁字划长空。

◎ 张卓娜

天热好个夏

骄阳烁石触如煎，镜水无言孕紫烟。
隐有蜩声穿竹圃，寻无雀影过檐椽。
庭前老树三分倦，阶下新花半日眠。
伤暑人儿神晃晃，炉前蒲扇一壶天。

捣练子

云缈缈，水蒙蒙。杜宇声声透碧空。　何以妥安深浅梦，牖台银烛对愁红。

◎ 林若云

初夏入人才公园

侵肤暑气入园收，行踏花阴客散愁。
傍水蒲芦摇野岸，巡湖沙鹭歇汀洲。
天清风引轮云过，波暖鱼穿石罅游。
浑忘微身居闹市，一番蝶梦意悠悠。

踏莎行

近端阳

湿日凌波，浮光挂橹。鲜云凝白萦江树。何寻洗眼绿菖蒲？潇湘梦远魂归处。　正对南熏，斜缠彩缕。《离骚》幽恨谁收住？清怀泣玉一相摩，绣鞋也踏华胥路。

◎ 陈亚洲

行香子

七　夕

相约听风，无夏无冬。忆当时、携手情浓。男耕女织，羡煞苍穹。任月儿圆，月儿缺，月儿终。　天河阻隔，苦恨无穷。凭栏望、泪眼朦胧。星桥鹊驾，聚散匆匆。叹别情促，欢情短，纵情空。

巫山一段云

题深圳湾

风劲何曾往？云飞几度游。一湾碧水入清眸，妙境一襟收。　欲赋词千阙，心怀惴惴忧。波光潋滟此间求，着意写风流。

◎ 邝文昭

仲秋二首

其　一

岭南佳节至，空碧水无声。
夜卧香来枕，晴披日满城。
寒花飞数点，淡月落三更。
自是人难寐，皆因未了情。

其　二

雨霁天方早，凉风伴我行。
湖幽人未至，树静鸟先鸣。
数数千山远，弹弹万念轻。
唯怜花色好，亦憾不知名。

题东莞第一瀑

蜿蜒沟壑伏成龙，借得崖巅作桀雄。
一跃飞身形似练，直流挂壁势如虹。
心清未避尘泥渚，性韧能穿乱石丛。
但使前行无却步，终归入海啸长空。

注：东莞第一瀑，即清溪镇黄茅田瀑布。

秋　风

无形飘忽偶匆匆，惯作秋深老画工。
情起攀枝撩粉蝶，嗔来扑面折芒丛。
逍遥不为谁羁绊，柔媚能招柳曲躬。
暮色随心挥妙手，凌晨便织一山红。

◎ 陈耀辉

特区精神不老

昂头负轭拓边隅，汗血纷纷抛九衢。
茅舍蓑衣迎旭日，饥餐抱恙作先驱。
三天楼起心神瘁，一代人先世界殊。
回首当年情未已，重来可垦打湾区。

◎ 李　荣

星月夜有吟

棠樾携诗扶影坐，殷殷寄语满池荷。
流星闪过光辉远，寂夜徐来感慨多。
镜里观花花落镜，波中望月月摇波。
情怀老去梦犹在，颜鬓怎能任蹉跎？

◎ 王琼兰

苏慕遮

旗袍秀

柳摇金，风料峭。水墨江南，玉蕊花开早。二四桥头春意闹。雨巷幽幽，伞下佳人俏。　　点红唇，临影照。款款风姿，绡翠霓裳袄。绰约芊妍唐韵袅。似画如诗，不与春光老。

◎ 冯小光

临江仙

题江南水乡图

一水清幽风景旧，酒旗颠倒西东。粉墙黛瓦放晴空。小船摇棹去，老柳立村中。　　桥拱一弯驼岁月，行人步履从容。凭栏远眺日边红。白云翻卷过，碧草送萍踪。

鹧鸪天

忆夹皮沟之秋

阔别深山卅八年，艰难岁月苦中甜。常思乍暖桃花水，更盼初寒红叶山。　　松塔大，冻蘑鲜，迷人秋景醉心间。谁持彩练云空舞？赤紫橙黄剪碧天。

注：冻蘑，蘑菇名称。

◎ 陈丽娟

登莲花山有思

登高只为望乾坤，每每凭栏万象新。
谁给鲲鹏插双翅？莲花山上忆南巡。

题江南水巷图

小巷深深傍碧流，风涵笑语逐归舟。
拱桥托日成双影，向晚喧哗古渡头。

◎ 胡　平

都江堰谒李冰父子

雕檐画角玉关楼，拾级登临纵眼眸。
云裹青城山弄影，雾牵岷水浪掩舟。
宝瓶谱写千秋业，鱼嘴分洪万古流。
轻拭残碑追旧梦，冰蟾东岭欲探头。

注：宝瓶口、鱼嘴是李冰父子治理都江堰的水利工程，至今仍发挥着巨大作用。

美国心心诗社

◎ 刘　毓

春　雨

丝丝凉雨到窗生，一抹乡愁梦不成。
信手涂来风景画，漓江碧与象山青。

冬日作

梅花带雪舞窗前，时有寒香过案边。
伴我诵诗三百首，共修清雅到人间。

◎ 李玉玲

游石门坊仙人桥

峭壁凌空百丈渊，青崖几处入云端。
好风助我临绝顶，极目江天万里烟。

◎ 邵谦光

春　日

信步寻芳过小园，桃灼似火柳如烟。
谁家翁媪多潇洒，曼舞清歌胜少年。

◎ 吕林林

客居北京逢同学

京城偶遇叙茶楼，嗟叹光阴泪闪眸。
若有同窗询近况，青云志已共江流。

◎ 彭文艺

茶　花

寒冬已是雪夹风，陌野衰枯落寞中。
但看山茶坡上放，迎春谁比我先红？

◎ 侯宗坤

秋　夜

窗外梧桐黄叶飘，风吹烛火我心摇。
相思最恨无情月，更在心头补一刀。

◎ 卢林建

三角梅

绕篱攀木绽芳华，疑是人间住九霞。
莫道寻常负梅姓，得承雨露亦清嘉。

◎ **肖智坚**

暮春抒怀

三月山川草木欣，春雷滚滚雨声频。
群芳竞秀东风劲，暖气微微大地熏。

◎ **周爱香**

夏日抒怀

栀子花开香满庭，斜晖犹照旧窗棂。
承欢膝下无寻处，草自葱茏鸟自鸣。

◎ **郎文义**

初　春

东君漫步柳芽青，紫燕呢喃水上行。
缕缕清风吹浪起，江南美景最怡情。

华夏诗阵

山东省诗词学会

◎ 蒿　峰

春　日

梦中绿雪遍山丘，梦觉方知早茗抽。
茶女衣衫今始薄，杏花淡蕊已含羞。
行经幽谷煦阳暖，坐近清泉寒水柔。
收拾风烟诗箧里，春江载酒放扁舟。

重游鼓浪屿

鹭岛重登云气横，榔榔画阁拥琴城。
怒潮激浪连关影，狂雨摧林闻角声。
远岸分明刘豫寨，沿江何处郑王营。
阵前谁佩蟠螭印，艨艟夜酹下台澎？

◎ 张延龙

观剧《骆宾王》感武后

数读檄文情自伤，风骚却使久牵肠。
爱才胸豁容江海，恋位心机过虎狼。
青史有痕陈旧事，空碑无字泛余光。
如流日月清辉在，多少英雄输媚娘。

蝶恋花

龙潭怀古

泺水桥边唐代渚。浩渺烟波，旁浒凉亭古。北海盛情邀老杜。齐州名士诗如许。　　碧玉一潭湖曷去。绿暗溪亭，深窈修篁路。问水诗成寻觅处。不言只让飞云渡。

◎ 郭秀珍

南　浦

春　水

冰骨逐春声，涣涓涓、好弄鸣琴曛晓。莹镜照天孙，云衣试、偏被东风叨扰。望中渐远，抹痕天际翩鸥小。眸底盈盈禁不住，犹叫绿波翻老。　　梅横出桥东，似曾经、几缕暗香袅绕。空见说深沉，人情怕、交付逝川凋耗。长思渺渺，一池闲梦圈深窕。休问声声龙笛里，流去落红多少。

◎ **卢玉莲**

登宣化清远楼

凭临直欲觅当年，斗角遗碑记逝川。
城阕三关严锁钥，雄师万里踏风烟。
一从战事归沉寂，便有繁华证晏然。
期更黄钟频入耳，持将古韵送云天。

疏　影

梅

云溪寂寂。恰横斜照水，数枝清逸。巧点朱唇，乍启流波，此情端是无极。天生韵致风流甚，料称得、林翁词笔。慰几番、客里痴寻，不复漫山横碧。　　俄见流莺小小，隐约传递着，春国消息。触落盈盈，旋入眉心，竟染一痕红湿。香清沁到脾犹骨，渐忘了、今兮何夕。更扫却、连日尘霾，绮梦但随人织。

◎ **范旭梅**

小重山

红　叶

雁影无踪云影闲。一泓秋水碧、共长天。霜刀飞起蓼花残。仍有那、万树染重山。　　迤逦似霞攒。风摇红浪涌、辄如旃。相思莫种夜阑珊。凭谁寄、采做小诗笺？

◎ **汪冬霖**

秋　吟

疏影浮阶日色凉，风堆乱叶筑篱墙。
云心欲嫁嫌秋老，追赶南天雁一行。

参加“中华诗词复兴论坛”有怀

谁牧青云上我肩，东风试笔挂高巅？
三千帖自黉门发，十万诗将国梦牵。
律动京城春作主，文呈气象路通天。
座间多少龙吟客，摩画心中那个圆。

◎ **马明德**

登云天阁

谁将五色洒群山，极目分明油画篇。
皴法红黄成主调，点睛苍绿谓陪弦。
一江湍水蓝天接，两岸琪花彩蝶穿。
襟抱峰峦心底阔，数声雁叫碧空旋。

重访秦城里耶

隔岁重回凭梦绕，恰同酉水韵流长。
砌镶卵石城壕壁，点缀苔衣紫塞墙。
官署遗基生碧草，蛛丝古井透斜阳。
尤叹秦县十年史，隶篆如镌竹简藏。

◎ **胡桂海**

除夕夜闻劲旅驰援武汉

故国千年苦难多，旌旗每每斗妖魔。
出征南北身为路，鏖战东西血染戈。
因有雄心无敌手，不容邪气乱山河。
江城忽报平戎事，父老门前待凯歌。

广东惠州市诗词楹联学会

◎ **陈幼荣**

庚子题春

谁点人间万物新，鼠庚值岁庆芳辰。
岸边青柳鞭催绿，溪畔红梅香袭身。
白雪犹寒风送暖，黄巢未旧燕飞频。
老翁笑指缤纷处，桃李争怀第一春。

一剪梅

“全国第33届中华诗词暨苏东坡诗词研讨会”在惠州召开

山色岚光画幅中。水流西东，湖染霓虹。唐风宋韵古今同。词咏民风，律慰苏公。　东水西流四海通。迎来诗翁，醉了群雄。东坡遗韵响千重。情景交融，华夏飘红。

◎ **罗胜全**

贺惠城区博罗县惠东县荣获“中华诗词之乡”

喜报高悬喜欲狂，冬来日暖胜春光。
东坡举酒开颜面，西子扬眉画海棠。
笑我江湖流浪客，迷情韵律绣雕章。
三更坐对孤山月，总把他乡作故乡。

庚子二月初二闻蛙

昨夜蛙声格外稠，倚窗听响盼丰收。
家乡农事为根本，野径瘟神乱大谋。
果是匈奴摧汉祚？宁知风雨振龙头！
民心若在天将在，胆气如存国不忧。

◎ **唐国华**

客寓惠州

从戎转作岭南民，寓惠长居倍觉亲。
豁达为人交好友，殷勤做事伴终身。
孔方太少难尊宠，笔阵繁多易得辛。
情洒书山君莫笑，柴门寂寂也酬宾。

军地医护人员赴武汉“战疫”

新冠病毒露獠牙，肆虐咬人不见疤。
有意深潜伤肺腑，无形浅暗坏生涯。
出门采得三山药，入室根除五脏邪。
救死扶伤挥妙手，白衣天使却忘家。

◎ **李硕洪**

庚子立春

立春早起沐新晴，抖擞精神见舞莺。
袅柳湖堤开媚眼，嫩桃枝干绽缤英。
视屏长报凝心策，电讯频传战疫情。
青帝东来风拂草，生机万象兆清明。

◎ **王　蔚**

江城梅花引

梨花悟

暮烟梨雨别春浓。嫁东风。怨东风。初夜催花，又夜散花空。料是佳期终有尽，不堪忍，独卿卿、苦到冬。　到冬。到冬。夜更疯。雾霜笼。冰雪封。悟了悟了，悟几事、一诺初衷。赊得春光，留取续冬逢。风满枝头花又白，双入镜，试梅花、比瘦容。

◎ 牟国志

抗疫吟

庚子凄凄泛劫波，楚天风雨现阎罗。
封城断路古今罕，闭户蜗居叹喟多。
众志成城除厄瘴，人心凝聚斗虫魔。
终归雾霭难遮日，华夏高扬正气歌。

◎ 黄昶武

早春二月

四野幽幽日影长，窗前来去蝶蜂忙。
柴门二月人难出，空有桃花一径香。

◎ 朱俊龙

纪念邓演达

东江之子志攀鸿，辛亥元勋建隽功。
出粤入闽初亮剑，征南伐北再称雄。
联俄齐反军中虎，立国须凭海上龙。
血溅麒麟垂史册，犹留浩气贯长虹。

◎ 李锡钦

庚子新春

日转时移又一春，鼠痕碾过岁轮新。
举杯每叹时光老，拈韵常忧诗兴贫。
梅白千山花换岁，联红万户节催人。
猪年检点无长物，剩有吟怀可抱真。

◎ 李育聪

春游大岚水电站

曲径通幽处，林海卷旌旗。
枯藤盘古树，小鸟跃新枝。
风雨迎春早，山花笑客迟。
陶然鱼乐乐，心旷自神怡。

山东安丘诗词楹联协会

◎ 潘洪信

疫情所思

亡羊难在补牢前，恨是无知究可怜。
痛定谁来肯思痛，但能此处问因缘。

热血出征致白衣天使

天台霜夜雪光横，星路划开向楚荆。
白发何堪千里别，丹心为报一城情。
踏平赤壁除灾疫，挽起长江洗甲兵。
待到春风借云雁，乡关听我凯旋声。

◎ 侯守玉

咏　菊

雁凄寒露别声声，时菊竞开香满城。
独爱晚秋流逸韵，不曾媚势附炎生。

中秋节见农民工感题

中秋凝望绪千千，多少农工节不圆。
莫道乡关无朗月，只因广厦未擎天。

◎ **李秉光**

致钟南山院士

今拭宝刀犹未老，拔毒擒疫列三山。
凄凄妖雨两行泪，历历苍生一寸丹。
如问谁心识社稷？但吟我血荐轩辕。
回春自有拿云杖，甘向阴魔亮铁肩。

◎ **王立军**

参观牛头镇抗日武装起义陈列馆感怀

历史重温绪未平，眉边枪炮似轰鸣。
从来志士报家国，自古英雄忘死生。
听故事心潮激荡，念先烈爱恨分明。
适逢盛世梦圆日，谨向泉台慰壮盟。

◎ **魏兰芹**

白衣天使驰援武汉感怀

危难跟前你挺身，敢教疫疠惧三分。
莫言女子多柔弱，因有担当大写人。

白　露

碧空如洗月华倾，蛰隐花丛仔细听。
今夜君心可知我，流连最是小溪亭。

◎ **冯强升**

庚子二月二感怀

序回二月话抬头，力战疫情去国愁。
汗马临危高节现，白衣上阵壮心酬。
今闻拐点同欢喜，素仰赤旗独一流。
胜券稳操因有党，春风浩荡遍神州。

◎ **蒋里征**

迎　春

居家半月多，寒意已如何？
今日出幽室，迎春花满坡。

浙江遂昌县诗词学会

◎ **楼晓峰**

初衷践行

官绅到此当修省，呵护初心瞻愿景。
社稷公平本色真，青山不老仙霞岭。

槐花古巷

行人不识它，小巷号槐花。
曾有汤仙令，由斯上县衙。

◎ **董影娥**

网上初闻乡村解禁

一自宅家人闭关，蜗居心事只闲闲。
风波明日如平定，策马游它十万山。

西江月

庚子春因是宅家有题

未便行游郊外，何妨草绿阶前。莫停燕哨白云边，意暖清江无限。　柳眼几睁心事，桃花一片红笺。春风抻得两眉宽，管甚重逢初见。

◎ **金国文**

鹧鸪天

遂　昌

一座山城一画图，银城入翠若明珠。玉兰淡雾芳姿立，碧浪三溪佳境殊。　南溪绕，北溪扶，鹭群起落有还无。广场夜夜悠扬舞，更喜霓虹映彩衢。

◎ **朱火林**

李家大屋

黛瓦粉墙山里庄，雕梁画栋尽辉煌。
挑檐斗拱金龙舞，翼角凌空彩凤翔。
始祖开基标史册，后贤继业著诗章。
今逢整治重修缮，古雅民居又闪光。

◎ **王发顺**

戊戌班春

雨止云升天暂晴，祭神大典吉时行。
大红绶带粮农佩，铮亮犁锄健手呈。
三响脆鞭牛不懒，一声春令地开耕。
劝农演俗农桑励，美梦全依汗水迎。

◎ **王小华**

茶园景观

高崖峭立大山前，依壁遥观景灿然。
喜望千峰披黛幕，静听万壑涌清澜。
蓝天有意翔鹰隼，碧野无心匿虎猿。
最是称心游玩处，龙洋寨外数茶园。

◎ **钟金钗**

走进大洞源

白云千载碧空悠，一望平川无尽头。
民宿落成迎远客，龙骧古越醉风流。

◎ **廖恒民**

咏龙洋“云间千翠”茶

千叶精华入翠堂，山间云雾酿琼浆。
一壶春色招宾客，润腑清心韵味长。

浙江海宁诗词学会作品

◎ **傅震宇**

访云龙村蚕俗文化园

蝶翩迷垄亩，凫集戏陂塘。
地毓云龙气，林攒帝女桑。
缫车听历历，耕舍见央央。
来此询蚕俗，衣沾绿叶香。

悼乡哲查良镛先生

霜风竟夕动憀憀，沧海星沉杳碧箫。
家国慨生噙浊泪，江湖笔走挟狂飙。

楼崇三剑骋游侠，名并四才驰远峤。
大闹一场悄然去，魂兮应恋浙之潮。

◎ **知　硕**

伊　桥

酒意阑珊觉寂寥，闲行每是到伊桥。
伊人故事今何处，桥影新栏雨几朝？
芦自开花桐自落，天仍映月水仍遥。
清波不照从前笑，杨柳还如西子腰。

◎ **姚晰频**

访刘基故里

云山险过十三弯，绿芰青塘雨鸭闲。
风送几声泉滴沥，笑尝一缕水清甜。
只知竹里藏高瀑，不道南田出深山。
诸葛长青犹抱憾，我曾几度梦中还。

◎ **沈晓明**

寄　远

此生最爱是桃花，黄卷青灯淡淡茶。
往事似歌听不厌，壮怀如梦忆难赊。
轻风起处一池水，骤雨来前并蒂瓜。
山月曾为旧时友，而今相看在天涯。

◎ **杨建兴**

戊戌又雪临屏和潘兄

待寄春风岁已迟，漫将秃笔赋新诗。
依稀犹记前年雪，一样飞花欲醉时。

狗尾草

俗名狗尾亦堪骄，欲把茸毛来续貂。
鹤立田园无敌手，春秋不改自逍遥。

◎ **王　英**

谷雨咏柳絮

应怜金缕岸，素影遁萍踪。
纤巧输轻雪，飘零过远墉。
花风何所藉，谷雨且相从。
别袂余丝软，江湖几处逢？

◎ **蔡敏敏**

浣溪沙

微冷秋风蕴小寒，披衣深坐数流年。此时岂我独凄然。　孤月缺圆知聚散，繁花开落写悲欢。夜阑滋味似春残。

◎ **李国建**

春游龙渡湖

桑田过尽又渡湖，西依青山影不孤。
陌上细草嫩如酥，清波含烟戏雏凫。
见景急把知己呼，呼来共品茗一壶。
入肆关照先脍鲈，围桌举箸酒中徒。
闻液生津频倾觚，论酒计杯量难符。
而今盛世开通途，遇水架梁不乘桴！

◎ **陆燕萍**

破茧成蝶

一觉原非在梦中，温凉寒暑感叹丰。
六回蜕壳求新变，万丈春丝吐旧衷。
冷夜沉沉谋破茧，寒潮滚滚欲临空。
思将衣被暖天下，彩蝶翻飞正日红。

◎ **段朝汉**

除夕日作

岁月知何物，年年此际来。
惠风吹腊断，笑脸并春开。
炉煮他乡水，句拈故井苔。
茶烟犹似我，袅袅一徘徊。

安徽宣城市宣州诗词学会

◎ **方诗韵**

卜算子

诗　缘

细雨草帘青，翠绿江边岸。何奈先贤魂相邀，美景无心恋。　风柔柳絮飞，花艳蜂儿伴。虽是春光无限好，怎比吟坛灿！

◎ **汪传春**

春遊宛陵湖

一波烟雨一波晴，二月柳枝妆数更。
昨日黄芽才见角，今朝细叶已繁英。
岸边老丈扬竿钓，垄上青牛奋首耕。
为恋宛陵春色好，云笺一片作吟声。

◎ **肖礼堂**

少读张继诗　老游寒山寺

渔火江枫启幼童，清冷古刹座江东。
临界钟声催梦醒，寒山碑刻影朦胧。

◎ **徐德明**

偶　作

顺口溜拼字数行，打油体凑一兜囊。
仄平屡犯涂鸦错，辞句因贫致硬伤。
戴铐拖镣牢里舞，浇愁遣兴腹中藏。
春来冬去人无悔，心手未教三日荒。

◎ **梅运莉**

题图回乡

飘蓬数载忽还乡，满面灰尘满面霜。
难赋倦怀先堕泪，山村守望有糟糠。

◎ **余　浩**

赏　春

徜徉郊外望蒹葭，江雨蒙蒙雾似纱。
燕子呢喃传福语，且看春露带梨花。

◎ **陈朝元**

赞钟南山院士

亥末子初逢毒魔，中州肆虐害人多。
南山院士挺身出，遏制病情传赞歌。

◎ **蔡　青**

战疫情

冠毒染神州，全民莫用愁。
成城凝众志，大地报春遒。

◎ **方　霞**

诗意宣城

欲记春秋事，江城韵上逢。
山青云作画，水秀影如鸿。
近月循仙迹，登楼忆谢公。
诗来情未老，念起啸长风。

◎ **孙正军**

牛郎织女

为羡鸳鸯勇奋身，一腔挚爱洒红尘。
甘抛性命知音惜，怒斥天庭大义申。
一只魔簪兴浊浪，九千灵鹊渡良姻！
平生坚守真情意，惧甚仙家惧甚神？

◎ **罗治森**

鸭绿江

鸭绿江头腾细浪，长虹突兀架也隅。
无边风景何为胜？笑指飞舟入画图。

◎ **罗国亮**

谷　雨

一程山水一程因，冬去春来爱动身。
若比相思谷时雨，丝丝不尽网中人。

◎ **罗志勇**

【双调·播海令】故乡行

闾巷行，梦里呈，睛陌生。忆当年、街坊静，观今日、容貌惊，楼房耸、马路平。澎湃心潮故乡情，亲朋欢笑迎！

◎ **白润地**

春夜习书

寒尽春归夜未央，横斜浓淡渐成行。
青灯书案闲开笔，拾得余生一段香。

◎ **黄保平**

为垃圾分类点个赞

分类入箱提示牌，清清楚楚喜我怀。
文明处处无闲事，件件桩桩赞美来。

◎ **张阳旭**

咏　荷

荷官莞尔灿骄阳，质本清来洁自芳。
傲骨冰心借秋雨，听残依旧寄方塘！

◎ **陈东风**

幽香花园

遥望龟山不见山，花香柳翠置身前。
官塘碧水官塘月，万里无云万里天。

◎ **王祖定**

春游宛陵湖

一波烟雨一波晴，二月柳枝妆数更。
昨日黄芽才见角，今朝细叶已繁英。
岸边老丈扬竿钓，垄上青牛奋首耕。
为恋宛陵春色好，云笺一片作吟声。

◎ **徐志平**

桂花开了

窗前慈母近徘徊，忽见庭园丹桂开。
期许香飘传万里，唤呼游子早回来。

◎ **庞晓丽**

赏诸葛菜

二月兰花惠俗尘，一如紫蝶亮三春。
远方游客争留影，妖娆芬芳分外亲。

◎ **刘明华**

新农村建设

美好乡村事，缤纷阡陌香。
农资农补厚，地贴地生长。
社社通公路，村村盖大房。
征程逢盛世，福泽万家康。

◎ **陈正友**

题画诗

山高水细去天涯，路远云深是我家。
翠柏苍松逢盛景，人间四月看桃花。

◎ **丁建国**

我家中南山

奇峰入洞天，峡谷住神仙。
秀水花鱼跃，青山翠鸟翩。
碧空清气爽，绿地倍新鲜。
下榻蓬莱境，人生乐万千。

◎ **董学炜**

秋　思

一场秋雨一场凉，落叶飘零草泛黄。
过隙白驹时苦短，淡看双鬓染新霜。

◎ **黄爱武**

夏　雨

芭蕉细雨不成音，半湿青衫半湿心。
别去情怀随逝水，空留底事自沉吟。

◎ **阮学宏**

秋游敬亭山

盘山石径叶纷纷，苍翠修篁掩古坟。
墨客遗风添雅兴，敬亭有我咏佳文。
身临胜境雪泥爪，势压名峰鹤立群。
双塔残垣依旧在，千年往事伴孤云。

◎ **张英姿**

赠三位同学芜湖相聚

金风送爽聚江城，同学相逢喜气盈。
品茗闻香浮往事，欢声笑语话真情。

◎ 何典发

初秋游南太湖

踏迹寻踪赏白鸥，秋云高白一湖悠。
依依墨客随芦荡，劳劳驴友逐鹤休。
绿水青山飘雅韵，和风细浪漾轻舟。
千年大计民心向，生态文明好旅游。

注：“千年大计”指时任浙江省委书记的习近平于2005年8月15日在浙江省湖州市提出的“绿水青山就是金山银山"的保护生态环境的绿色发展理念。

◎ 徐　敏

六月荷塘

风戏荷花轻曼舞，蜻蜓欲立觅东西。
忽来雷电携飞雨，翠盖流珠落满溪。

◎ 洪晓明

卜算子

水东老街

心绪总难平，梦里时牵挂。古木长藤苍壁苔，高矗飞檐瓦。　　漫步老街行，小雨轻飘下。湿巷撑开纸伞花，喜看风情画。

以诗会友

“诗词中国”App“以诗会友”主题诗会优秀作品选

“诗词中国”App“以诗会友”主题诗会，为“诗词中国”客户端“以诗会友”栏目组织的常规主题赛事，诗会每季度举办一期，经初审、复审评选出优秀作品，在“诗词中国”客户端发布。2020年下半年，“诗词中国”App“以诗会友”举办了“端午”“中秋”主题诗会，得到广大诗友的热烈响应。现将优秀作品发布，以供大家赏读。

“端午”主题诗会

◎ **刘成宏**

沁园春

端　阳

时近端阳，千岭葳蕤，万物娉婷。看艳阳高照，天成锦绣，热风漫拂，地就峥嵘。黄酒驱邪，粽香避毒，艾草龙舟蕴怨声。凭栏望，有岿然川泽，告慰先灵。　　扬忠意阔心诚。念屈子、沉江泪眼盈。正仰贤祭拜，恨君昏腐，缅怀凭吊，赞尔嘉贞。仙阆神游，瑶池信步，鸾鹤徊翔尽动情。红尘客，必修身养性，冷对狰狞。

◎ **张海全**

忆乡村过端午

茅檐高挂彩葫瓢，一院香风过小桥。
行乐忘归东岭下，踏青结伴北山郊。
老翁堂上酌黄酒，稚子园中采艾蒿。
多嘴娇莺嗤笑我，书斋晃脑诵《离骚》。

◎ 吕鄂川

端午节答小儿

煮粽悬蒿过端午，小儿不解问阿母。
《离骚》一曲颂千年，屈子《九歌》传万古。
《哀郢》情牵楚国悲，投江水没臣心苦。
倩谁何处觅殇魂？从此人间寄重五。

◎ 赵化先

端午节

如眉云里月，还照故人家。
款款清风过，茵茵绿叶斜。
曾堪分折柳，未待刈疏麻。
手蘸雄黄酒，红颜开若霞。

◎ 占继南

端午节前感吟

不觉端阳又近身，离魂从未远宵晨。粽香岂识清愁味，艾绿难逢瘦影人。　　怨是征途悬百里，愧添爱意孝双亲。一年一度生潸慨，总使糟心历乱陈。

◎ 李桂茂

悼屈原

时光流淌浸风烟，浪涌汨罗动楚天。
放棹追魂端午日，满胸怜庶《九歌》篇。
凄凉身影随波去，悲壮山河泣逝川。
不了春秋多少事，丹心许国梦难圆。

◎ 李海燕

端午节回老家

年后离家方始归，乘风一路向南飞。
盼来节日团圆日，老爸频添红酒杯。

◎ 王志雄

端午回乡

风尘荏苒指间沙，端午思亲回老家。
父母欢心蒲艾挂，侄儿描绘紫荆花。

◎ 王能社

屈　子

逐客三湘志不磨，江涛犹是任婆娑。
楼船竟日霓裳舞，圣殿终宵玉女歌。
帝业何堪成腐朽，云山依旧炫嵯峨。
忠臣风骨谁能识？一跃沉沙愤满河。

◎ 徐月明

再吟端午

浩浩汨罗水，昭昭屈子心。
忠魂悲作古，毅魄耀如今。
华夏飞龙渡，千年不绝音。
风歌扬翠幕，寄语楚江霖。

◎ 郝　俭

端午节前夜忆江南旧友

初夏玉川沧，林峦紫陌芳。
堂前青箬密，舍后绿筠香。
落日连檐月，迟风响柳塘。
独怜兰渚夜，楚粽送君尝。

“中秋”主题诗会

◎ **陈学本**

中　秋

盛春花事已消磨，春去秋来几度多。
野草纷纷生白露，烟江耿耿老青荷。
三千里路仓皇走，五十年光顷刻过。
又复中秋归不得，月宫今夜客归么？

◎ **蹇继强**

恳寄中秋月

日暮月圆人未圆，清光夜半出云天。
十年一枕朝尊梦，半世几曾侍榻前？
情逐关山过北地，心随蜀水入南川。
冰轮今夕作甜饼，捎与爹娘共子餐。

◎ **李　华**

中秋月

清辉遮院小，月影掩庭幽。
许是知今意，更深照枕头。

◎ **马晓程**

中秋有感

明月夜微凉，登徒人未央。
云低飞鹤舞，风起桂花香。
两眼湿黄土，一波隔远乡。
浮光随海涨，何日换吴刚？

◎ **郑宜良**

秋中思

白日迟迟见，遮云应怕羞。
桂开香满树，风送气盈楼。
景色何曾少？年华无复留。
浮生流水意，不觉又中秋。

◎ **郝　俭**

望月怀远

桂酒芸香月满楼，堂前枳落菊枝头。
晴云背岭浮烟树，阔岸中川绕碧洲。
几度霜枫伤烛泪，无边秋色共年流。
又闻鸣雁声声远，寄语青空话未休。

◎ **赵化先**

中秋节

香街宵夜后，风露洒痕衣。
拂袖红尘去，携云紫陌归。
何堪惊内妇，不敢入罗帏。
小院徘徊久，中天月一围。

◎ **夏新权**

中秋忆母

久去星河未返航，莫非难买票一张。
那边可有团圆月，好照娘亲回故乡。

◎ 毛安伟

玉蝴蝶

几度倚栏相望，空明北斗，不见清光。纵有衷肠，无奈只对西窗。到如今、红衰翠减，料已是、秋仲风凉。各一方。盼来多少，天际归航。　　桂香。樽前薄酒，广寒幽苑，遥敬吴刚。冷月浮云，可传尺素到家乡？大河水、鱼龙潜跃，东西岳，鸿雁飞长。梦凄惶，芙蓉园里，雁塔街旁。

◎ 陆晨光

水调歌头

中秋孤月

千古一轮月，人世几中秋？伤离最是难解，情重倚危楼。想借金风轻唤，烟渚寒江柳岸，湘水自东流。歌罢已肠断，无计望归舟。　　碎池萍，折露桂，举新愁。韶华渐逝，霜染青鬓岁难留。相约三生还拟，忍向天涯堪使，梦里总回眸。共影溶溶月，兴尽寄青瓯！

◎ 刘红兴

汉月郎夜

欣逢双节逐金纱，邀友斋庐共会茶。
移步楼台观汉月，拂衣风露踏秦笳。
倒提拙笔青山舞，卧吸香丝浊酒赊。
醉得方中三尺墨，重描乡梦寄云霞。

“诗词中国诗友论坛”主题诗会佳作赏

“诗词中国诗友论坛”主题诗会，为“诗词中国诗友论坛”微信公众号诗友自主组织、评选的常规性、主题型诗词赛事。2020年下半年，特组织“中秋”“心旌摇动是真情”主题诗会，广大诗友踊跃投稿，收到作品数百首。现将优秀作品发布，以供大家赏读。

“中秋”主题诗会

◎ **张 驰**

岁末答诗友

窗花远映木棉红，老树流年又一轮。
句集颇惊新境界，书临每得古精神。
称心消息天边杳，迷你风光梦里真。
纵有鱼飧佐腊酒，不如孺齿笑齹亲。

◎ **田 茂**

终南山望月怀师

不语何年至，孤悬照古今。
松溪随石转，霜叶报秋临。
辉映秦川阔，云涵粤岭深。
中宵凝望久，新露上衣襟。

◎ **陈 瑶**

南歌子

中秋夜

圆月倾柔色，仙娥试淡妆。夜风吹过绿池塘，有叶小舟泊在水中央。　何处传幽曲？此时念异乡。料君浓醉枕词章，清梦一帘浮动桂花香。

◎ **袁立中**

游千佛洞并谒祖师塔园

又及中秋节，登临仰至高。
弓腰探佛洞，咂嘴品山肴。

野径花飞瓣，长空雁脱袍。
诗声如击鼓，传韵到青霄。

◎ **郑　综**

庚子月夕

国庆中秋恰一天，清宵皓月倍加圆。
古今诗句素茶啜，忧乐情怀时事牵。
回首云烟成过往，倾心山水撷新鲜。
菊花案上香犹甚，独抱悠然久未眠。

◎ **姚育萍**

自　省

云心一点在春苔，回唤鸿声拨雾开。
相识深知由义贵，推怀谨慎释疑猜。
明人抱朴唯穷悟，修月清辉自远来。
进退淡然无所赖，素琴调味曲纡徊。

◎ **付向阳**

中秋赏月感怀

皎皎光华写意多，纤毫明灭薄愁波。
盘呈冰雪杯初探，疾示鹔鹴裘旋挼。
有约刀环同寤寐，直庐梅鼎美调和。
半生献纳系平子，醉眼飞花点玉珂。

◎ **路孟臣**

人月圆

中　秋

辛劳玉斧雕琼后，只待此宵看。鬓云湿软，秋波矜顾，霜影清寒。　匀调弦管，轻敲象板，舞步珊珊。别离无语，重逢何处？天上人间。

“心旌摇动是真情”主题诗会

◎ **朱善文**

秋行梵净

迥然尘世外，静穆立千峰。
青响连潭瀑，红摇带露枫。
曾经菩萨顶，半被绿云封。
人物匆匆过，山川不改容。

◎ **王连生**

庚子春日家居

久掩柴扉自隐沦，仙人黄鹤弃江滨。
开窗且放东风入，不负梅花是近邻。

◎ **高丽涛**

立夏前日咏晚春

荼蘼花事了，桃杏子初成。
絮落谁家雪，巢归几树莺。
及时催好雨，佳会趁新晴。
随处春芳在，无悲节序更。

◎ **熊天锡（美国）**

父亲节

腰杆还硬朗，庆节自吟哦。
事业如杯酒，功劳值几何？

光辉山上月，潋滟额前河。
世味斟诗句，方知苦乐多。

◎ 付华强

秋游孙家坝

云岭经年泛日华，天台脚下满坡茶。
欲舒胸次山中转，撷罢清风撷彩霞。

◎ 李治云

翻后山重游都峤

重游经一岁，人与景依然。
诃子风吹落，岩门水凿穿。
潭平飞白鹭，岫旷幕青天。
路转南崖脊，抬头佛在前。

注：前山岩上书有“佛”字。

◎ 余新桂

行香子

庚子九月三城同创有感

为创三城，挺起精神。同携手、奋力耕耘。园林布绿，花草施茵。献一分美，一分爱，一分真。　若行有德，如言有信。出入间、一路无尘。文明播种，片片归春。看诗中街，画中巷，柳中村。

注：三城同创：文明城市，卫生城市，森林城市。诗中街：有诗词一条街。

◎ 何春英

故园樱花

参差小朵自清虚，摇曳春风识故居。
愁草渐荒篱半落，浅香一点似当初。

◎ 顾元隆

过秦楼

蓬莱揽胜怀古

翠岸丹崖，紫阳蓝昊，浪洗古台城阙。神檐掠影，仙棹翻声，千载静澜涛雪。鸥怆唤起心潮，秦舸残帆，了无归渤。叹尘沙海沫，三山何处，戚魂旌碣？　只一瞥、地耸蓬莱，瑶池天落，八圣蜃沧人别。双安鲁韵，儒礼齐风，泰岱大河评说。君展遥眸，阁云东去滔滔，暮空虹血。更鲲惊廓宇，聊数夏星秋月。

◎ 刘红兴

秋　宴

良辰小酺作交酬，把盏三巡意不休。
昔日贫穷存病骨，目今淡泊弃膏油。
渔樵踏月初心在，耕读披霜健步遒。
击筑高歌临九洛，可邀秋水共操舟。

诗界动态

第五届“诗词中国”系列活动在京启动，携《诗经·采薇》音乐剧开启“美丽新征程”

2020年11月12日，由中华书局发起，中国出版集团、中华诗词学会、中华诗词研究院共同主办，中国移动通信集团协办的第五届“诗词中国”传统诗词创作大赛及系列活动在保利剧院启动，并举行了启动仪式暨《诗经·采薇》音乐剧纪念演出。

中华诗词学会第四届会长郑欣淼、中国出版集团有限公司总经理黄志坚等出席活动并致辞，活动现场还展示了由中华诗词学会会长、中央党校教授周文彰题写的本届“诗词中国”的主题词——“美丽新征程”。杨志新、范诗银、林峰、徐俊等主办方代表，钟振振、钱志熙等国内诗词领域著名学者，与部分老一辈革命家的亲属、媒体记者及观众近千人在现场观看了启动仪式及原创音乐剧《诗经·采薇》演出。

同时，作为以“云享文化京彩生活”为主题的第八届北京惠民文化消费季的重磅活动，本活动得到了市文资中心、市文化和旅游局、市广播电视局、市文物局等单位的大力支持。

第五届“诗词中国”启动仪式现场

空军蓝天幼儿艺术团的小朋友表演《诗经·小雅·鹿鸣》(摄影:汪巍)

存档诗词突破60万首，“诗词中国”再启“美丽新征程”

作为全国首个“高规格、大规模、全媒体”的古典诗词文化普及推广活动，“诗词中国”举办四届以来，共收到当代人的原创传统诗词投稿41万余篇，存档作品63万余首，自发存档的民间诗人突破46000人。组委会在全国各地举办公益讲座、采风及文化活动近20场，出版“诗词中国”普及读物及丛刊、《诗词中国》优秀作品集，在全国各地建立了多个“诗词中国”创作基地及定点合作单位。2017年获得吉尼斯世界纪录“最大规模的诗词竞赛”（Largest poetry competition）称号。

中国出版集团公司总经理黄志坚致辞

中华诗词学会第四届会长郑欣淼致辞

在典礼现场，黄志坚总经理高度评价了“诗词中国”系列活动所取得的成绩，同时代表“诗词中国”组委会，向多年来支持活动的各主办方表示了感谢。郑欣淼会长指出，在新的时代，传统诗词发展的重点工作是推动诗词“入史”，并号召诗词界同仁抓住机遇，不辱使命，把传承、繁荣和发展中华诗词当作事业来干。

启动仪式上还公布了由袁行霈先生和郑欣淼会长共同拟定，由周文彰题写的第五届“诗词中国”的主题词——“美丽新征程”。周会长解读了主题词的含义：“十九届五中全会提到了‘新征程’这一关键词，而我们的传统诗词事业也要踏上新征程。而且，诗词创作、鉴赏与传播是一项美丽的事业。因此，我们今年的主题词将包含这两层含义。我们希望能够通过古典诗词这一表现形式，弘扬中华优秀传统文化、坚定文化自信，带领更多的人开启‘美丽’的‘新征程’。”

周文彰解读本届“诗词中国”主题词并亲笔题写

（右起）杨志新、范诗银、徐俊、周文彰、钟振振、包岩共同揭晓第五届“诗词中国”主题词“美丽新征程”

原创音乐剧《诗经·采薇》，回溯中国诗歌的源头

中国被称为“诗的国度”，中国诗歌的源头则是《诗经》。《诗经》又称“诗三百”，是我国最早的一部诗歌总集，与《尚书》《礼记》《周易》《春秋》并称“五经”，在文学、史学、教育等诸多方面都对中华文明产生了深远影响。本次《诗经·采薇》音乐剧应“诗词中国”组委会之邀，在第五届“诗词中国”启动仪式上的纪念演出，是该剧自2019年9月下旬走出国门在希腊雅典成功演出之后的首次复演。

《诗经·采薇》音乐剧是我国首部《诗经》题材音乐剧，该剧曾入选“国家艺术基金2019年度重点扶持剧目”，并获“2018北京文化创意大赛非遗IP开发组”第一名及组委会特别奖。剧目取材自《诗经》名篇《小雅·采薇》，讲述了一个关于爱与家国情怀的唯美故事。

《诗经·采薇》音乐剧剧照（一）

《诗经·采薇》音乐剧剧照（二）

“我们寻找到了‘薇’这一形象的种子，它是一种朴实无华、娇嫩柔弱的植物，虽历经千年，却始终绽放着顽强、坚韧的生命力。如同《诗经》一样，它用最朴素的语言，勾勒出一幅生动、丰富的历史生活图景，其中蕴藏着宝贵的中华文化精神。”中国戏剧家协会副主席、音乐剧《诗经·采薇》总导演王晓鹰表示。

作为首次将《诗经》文本与西方音乐剧艺术形式进行融合创新形成的剧目，《诗经·采薇》在音乐风格方面也有独到之处。创作团队将中国传统民族乐器，如笛、琵琶、扬琴、古筝、箫、鼓、埙、瑟等，作为演出的一部分，并辅之以西洋乐器，以增强传统民族乐器在音乐剧中的表现力。这样的艺术表达，不仅风格鲜明，更充满着具有时代精神的“中国气韵”。在语言表达上，剧目也采取了古文与白话并行的方式，在充分突出《诗经》语言特点的同时，也能够保证观众畅通无碍地理解剧情。

据悉，第五届“诗词中国”将分为“绝句”“律诗”“词”“古风”四个组别，从11月17日起，广大诗词爱好者可通过大赛官网、“诗词中国”App和“诗词中国2012”微信公众号（微信号：shicizg）进行注册和投稿。

鸣谢

《中华诗词》
《诗刊·子曰增刊》
《中华军旅诗词》
《中国韵文学刊》
《岷峨诗稿》
《上海诗词》
《当代诗词》
《江海诗词》
北京大学北社
中山大学岭南诗词研习社
武汉大学春英诗社
复旦大学古诗词协会
长安诗社

吉林省诗词学会
安徽省诗词学会
浙江省诗词与楹联学会
山东诗词学会
河南诗词学会
湖北省荆门聂绀弩诗词研究基金会
《文人空间》

岷峨詩稿

中国韵文学刊

复旦大学古诗词协会

北京大学北社

中山大学岭南诗词研习社

武汉大学春英诗社

长安诗社